LES DANGERS

DE

LA PRÉVENTION.

Le Contrefacteur et le Débitant de contrefaçon seront poursuivis. En conséquence, deux Exemplaires de cet Ouvrage ont été déposés, en vertu de la loi, à la Bibliothèque nationale.

LES DANGERS
DE LA PRÉVENTION,

ROMAN ANECDOTIQUE;

PAR Mᵐᵉ. GACON-DUFOUR,

Auteur de divers Ouvrages d'Économie rurale
et domestique, et Membre de plusieurs Sociétés
savantes.

TOME PREMIER.

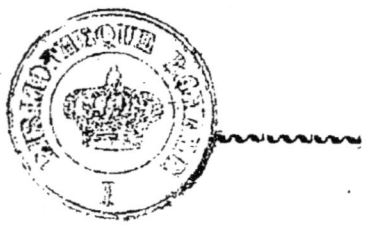

DE L'IMPRIMERIE DE JEUNEHOMME.

A PARIS,

Chez F. BUISSON, Libraire, rue Hautefeuille,
n°. 23.

AN XIV.——1806.

PRÉFACE.

L'ON n'a peut-être point encore déterminé quel devait être le genre qui convenait particulièrement aux Romans. Produits de l'imagination, ainsi que tous les Ouvrages qui appartiennent aux Lettres, comme ceux-ci, ils sont susceptibles de toutes les formes, de tous les tons; et l'on a pris le bon genre, si l'on a su les rendre agréables, intéressants, attachants. Cette dernière qualité est celle sur-tout qui doit les distinguer. L'on en a fait de graves, de sérieux, d'effrayants, de *douloureux* même; on en a

1,   *

fait de plaisants, de comiques, de burlesques aussi. On en a fait tout entiers d'imagination; on en a fait de demi-historiques : on les pouvait faire tout entiers historiques, si l'on s'appropriait son sujet, si on l'ornait, et s'il n'y avait, à proprement parler, de vrai que le fond. Qu'on ne croie pas que ceux même qui paraissent entièrement d'imagination, n'aient point eu un fond sur lequel ils ont été bâtis, sur-tout ceux qui sont critiques, comme *don Quichotte* ou *Gil-Blas :* on aurait trouvé tous les personnages que *Cervantes* et *Le Sage* avaient en vue. Ces Ouvrages

immortels ont eu un but d'utilité.
Heureuse serait la Société, si tous
les Ouvrages faits pour amuser,
avaient le même but, et sur-tout
l'atteignaient comme eux!

Ça été un trait de lumière et
de génie, parce qu'elle a parfaitement caractérisé les Ouvrages
auxquels elle s'appliquait, que
cette inscription donnée par *San-
teuil*, aux Comédiens qui la lui
avaient demandée : *Castigat ri-
dendo mores.* Elle a fait concevoir rapidement l'idée, que la
Comédie, qui devait peindre les
mœurs du temps, qui devait attaquer de front les vices et les ridicules, le devait faire dans des vues

d'utilité ; qu'elle devait les peindre, les attaquer, mais dans l'intention de les corriger ; qu'elle
devait les représenter, les attaquer
avec gaieté, en riant, et en jetant
le ridicule sur les vices, mais dans
l'intention de réformer les mœurs
et les vices. Heureux *Plaute*, heureux *Térence*, mais plus heureux *Molière*, d'avoir su attein-
dre ce but avec tout le talent dont
leur génie était capable !

Que l'on fasse des Romans d'une
sorte ou d'une autre ; qu'ils soient
entièrement d'imagination ou historiques, ils doivent toujours tendre vers l'utilité. Malédiction à
ceux qui pourraient pervertir les

mœurs! parce qu'ils seraient entièrement hors de la ligne qu'ils
doivent suivre; parce qu'ils per-
draient leur rang, et s'écarteraient
de l'objet qu'ils doivent considérer.

Dans tous ceux que j'ai sou-
mis au Public, j'ai été guidée par
le principe que je viens de poser.
Je ne les ai pas tous faits seule-
ment d'imagination; j'avoue que
j'ai eu des sujets que j'avais pris dans
la Société, et que, sous ce rap-
port, ils pouvaient être regardés
comme historiques; mais j'ai toujours tâché qu'il en ressortît quelques préceptes qui tournassent
au profit de la Société.

Celui que je donne aujourd'hui,

et qu'on peut juger par son titre
même, puisqu'il prouve que je
veux combattre *les Dangers de
la Prévention*, dont les effets sont
souvent si funestes, a le même
but que mes précédents. Tout ce
que je puis désirer, c'est de l'avoir
atteint. Il est aussi, comme eux,
en partie historique; mais les personnages que j'ai mis en scène,
pouvant seuls se reconnaître,
parce que je les ai dépaysés, ou
assez déguisés, ils n'auront aucun
sujet de se plaindre. Si le ridicule
que j'ai attaqué en eux, est présenté fortement, et leur fait trop
de honte, qu'ils s'en corrigent;
personne alors ne sera tenté de

soupçonner que c'est d'eux que j'ai voulu parler, et eux-mêmes y gagneront : il sera possible aussi que le vice disparaisse dans ceux qui leur ressemblent, et que je le prévienne dans ceux qui auraient pu en devenir *entichés.*

Pour mon plan, le voici : J'ai peint une jeune femme subjuguée par les passions, n'écoutant que ses caprices, respectant peu les bienséances, mais ayant malgré cela un bon cœur, un jugement, qui n'a besoin que d'être développé pour être excellent ; desirant suivre les bons exemples, et pourtant, se laissant entraîner par une partie de plaisir, qui lui fait

bientôt oublier ce vœu. Gouver-
née par les préjugés de sa caste,
et faisant toutes les fautes que ces
préjugés enfantent , elle éprouve
tous les malheurs que pouvaient
lui attirer les sottises qu'elle faisait; et elle ne recouvre le bonheur qu'après avoir abjuré ses
erreurs , être revenue des préventions extrêmes qu'elles avaient
fait naître en elle, et avoir adopté
un plan de vie simple , régulier,
débarrassé de tout caprice et de
toutes les passions de l'orgueil et
de la folle vanité.

J'ai mis en scène d'autres personnages qui ont donné dans les
mêmes erreurs , se sont laissés

également aller à des préventions, et ont aussi, par cette cause, éprouvé diverses sortes de malheurs, et qui n'ont recouvré le bonheur que par des moyens à peu près pareils à ceux employés par la jeune femme dont je viens de parler.

Il est un de ces personnages qui a poussé la déraison au plus haut degré, a donné dans les absurdités les plus grandes, a été le jouet des hommes et des événements, et n'a vu finir son rôle que par un aventure dont il était encore la victime.

J'ai mis en opposition avec ceux-là, des personnes sensées, qui pourtant faisaient encore des fautes, à cause de leurs préventions sur les individus, sur leurs actions, sur les circonstances de ces actions, et qui ont servi à faire revenir les premières de leurs erreurs, et à rétablir l'harmonie dans toute leur société.

Dans des rapprochements d'individus divisés d'opinions, je me suis appliquée à les faire discuter sans aigreur, à les convaincre que c'était faute de s'entendre, et par les effets de sottes préventions les uns contre les autres, que l'on se causait des maux dans le monde. J'ai conseillé sur-tout d'apporter dans tous les temps, la douceur, et le liant de caractère nécessaire, pour que l'on parvienne à se supporter mutuellement, et à filer ensemble le roman de la vie le plus heureusement qu'il est possible.

J'ai tâché de prouver qu'en ne heurtant point de front des personnes qui, soit par intérêt, soit par la considération du moment, soit même par faiblesse de sentiment, émettent une opinion contraire à la nôtre, on parvenait à s'en faire des amis, d'ennemis qu'ils auraient été.

J'ai mis tout mon savoir, pour persuader, aux femmes sur-tout, que le désœuvrement était la cause des maux qui les acca-

blaient; et que de quelque fortune que le sort les eût gratifiées,
si elles n'employaient pas les moments de la jeunesse à des occupations plus utiles qu'agréables,
à orner plus leur esprit que leur
figure, elles seraient délaissées
dans leur automne, et tout à fait
abandonnées dans leur vieillesse.

S'il m'est permis de parler de
moi, je dirai que j'ai eu le bonheur, en entrant dans le monde,
d'être admise à la société d'une
Dame, plus respectable encore
par ses qualités personnelles que
par son âge. Son cercle était charmant; plusieurs jeunes femmes le
composaient. Très-souvent, je l'ai

vue à la campagne, après une veillée où une lecture instructive avait exigé de nous une attention suivie, être la première à nous dire : « En voilà assez pour l'instruction, donnons quelques moments au plaisir; » et être aussi la première à ouvrir un petit bal *impromptu.* Elle était, *à quatre-vingts ans*, bien plus aimable que beaucoup de femmes de trente, qui ne s'étaient jamais occupées que de toilettes, de bals et de fêtes. Puisse l'exemple de cette Dame, prouver à toutes les autres, qu'il ne suffit pas qu'elles soient jolies, qu'il faut encore qu'elles soient aimables; et que, ce qui alimente l'amabilité, c'est un peu d'instruction; non de celle qui ne veut que paraître, et qui devient maussade, mais de celle qui ressort plus dans les actions de la vie, que dans les discours!

Les petits bals *impromptu* de l'aimable femme dont je viens de parler, me rappellent que j'en ai décrit un, qui m'a été donné, dont le souvenir me plaît toujours, et que je ne puis me refuser à retracer ici. Il faisait partie d'une petite fête champêtre, dont la description doit précéder, parce qu'elle n'en peut être séparée. On n'y retrouvera aucun des airs ou des tons que chacun laisse pa-

-raître dans les fêtes des villes ; mais on y retrouvera cette gaieté vive que tout le monde aime à voir, et même à partager, quand on se débarrasse un peu des grands airs, ou de l'insipide dignité.

« Nous avons, près de Tilly, une allée couverte qui borde une petite rivière dans son entier. Cette allée est si mélancolique, qu'on l'a surnommée l'*Allée des Soupirs.* Quand le besoin de changer de lieu me tourmente, je prends un livre, de l'ouvrage ; j'appelle mon fidèle ami, et tous deux nous cheminons, moi réfléchissant, lui, faisant entendre ses jappements joyeux, et parcourant

la route vingt fois. Mes bons voisins, connaissant ma prédilection
pour cette promenade, m'ont
proposé d'y aller diner. Au bout
de l'allée, est une petite montagne,
que dans nos jardins anglais on
nommerait *tertre*, et que nous autres campagnards ne débaptisons
pas. Cette petite montagne est
ombragée de deux tilleuls, qui
disputent au chêne, leur voisin,
la préséance. A la vérité, ils sont
deux : leurs branches s'entrelacent; ils se marient pour abriter les amants de la nature, qui
viennent la contempler sous leur
ombre; au lieu que le chêne altier
semble menacer les cieux, et s'oc-

cuper fort peu des mortels. Je
conclus de mon observation, qu'il
est dans la nature de n'aimer que
ceux qui paraissent nous aimer.

» Sous ces aimables tilleuls, est
un petit banc, sans doute construit par deux amants heureux,
car on n'y trouverait point de
place pour un troisième; mais le
vert gazon qui forme le plancher
de cette éminence, invite à s'y reposer; il ne se plaint point d'être
foulé. Les pleurs de l'Aurore lui
rendront le lendemain toute sa
fraîcheur.

» De ce charmant endroit, on
découvre une grande quantité de
hameaux qui récréent la vue. Les

bestiaux répandus çà et là, dans
la campagne, donnent la vie aux
champs qu'ils pâturent. Ce spectacle m'enivrait, et me suggérait
une réflexion bien douloureuse.
Hélas! me disais-je, cette vache
nourricière, cette brebis dont la
toison abondante nous procure
des vêtements, seront bientôt sa-
crifiées à la voracité de l'homme;
peut-être, broyerai-je sous ma
dent ce petit agneau qui bondit
auprès de sa mère. Oh! combien
nous sommes barbares!

» J'attendais avec une sorte d'effroi le moment du repas, pensant
que nous allions outrager la nature, en venant l'admirer. Mais

je fus agréablement surprise : mes bons voisins, que souvent j'engage à ne se nourrir que de végétaux, avaient eu la bonté de prévenir ma réflexion. Je n'ai, de ma vie, fait un meilleur repas. Des œufs, des gâteaux de riz, des fruits, du laitage, une énorme *tarte* d'abricots (mets du pays qui précède celle en pomme.) couvraient non une table, mais le gazon. Aucun métal ne frappait les yeux : des vases de terre, des cuillers de bois, voilà le luxe qui convient aux champs. On les honore en ne se servant que de ce qu'ils ont produit, sans être attristé par la pensée que ce qui nous procure des jouissances brillantes, a été arrosé des pleurs de ceux qui les arrachent des entrailles de la terre. L'or enfoui profondément, démontre la précaution de la nature, qui ne voulait pas que l'homme en fît usage. Elle prévoyait sans doute les crimes que ce métal enfanterait. Pardon de ma petite digression : je reprends le fil de mon récit. — Ce repas champêtre me rappelait le temps de l'âge d'or, si loin de nous, que nous ne pouvons le considérer que comme une fable.

» Vous pensez bien que la petite chansonnette n'a pas été oubliée. Après le repas, nous sommes

descendus près de la rivière, jeter des mies de pain aux poissons,
qui, réellement, ne nous fuîrent
point. Ils semblaient, en acceptant
sans effroi nos dons, nous dire :
Vous êtes les amants de la nature,
nous ne craignons point votre approche.

» L'ombre commençait à grandir, et le frais d'un beau soir nous
invitait à des plaisirs plus bruyants.
Je proposai de danser une ronde.
Chacun chanta la sienne. C'était
l'heure où les habitants de la campagne quittent leurs travaux : plusieurs s'arrêtèrent pour nous regarder. Chaque fois que nous
passions devant une jeune fille,

ou un jeune garçon, le rond s'ouvrait, et nous prenions la main
des spectateurs, qui augmentaient
d'autant la bande joyeuse. Le ménétrier du village, revenant aussi
de ses travaux, jugeant que de
chanter en dansant nous fatiguerait, courut chercher son violon.
Du bout de l'allée, il fit entendre
des sons discordants, mais qui augmentèrent notre joie. La nuit commençait à nous envelopper de son
ombre, et nous ne pensions pas
à nous retirer; je crus même m'a-
percevoir que les nouveaux venus
craignaient le moment de la séparation. J'envoyai au village
chercher trois ou quatre grosses

lampes qu'on suspend dans les écuries, et nous les attachâmes à des arbres. Nous ne transformâmes point la nuit en jour, mais nous chassâmes l'obscurité. Les mèches n'étaient point assez multipliées pour que leur odeur pût nous incommoder, et je vous jure que nous n'avons point remarqué que nos lampes étaient enfumées, que nous n'avions aucuns verres de couleurs, point d'ifs de feu, point de jeunes hommes bien avantageux, dansant pour se faire admirer : nous sautions tout bonnement ; et quand une figure de contredanse était mal faite, le désordre que cela occasionnait était encore un sujet de joie. Enfin, *notre bal* a duré jusqu'au lever de l'Aurore. Nous avons salué respectueusement le Père de la Nature. Les bons villageois sont venus nous reconduire au son de leur violon. J'espère que ce ne sera pas la dernière fête de ce genre, à laquelle j'assisterai. »

Je souhaite à chacun une pareille fête, et qu'il ressente la joie pure que nous y avons tous goûtée. — Si on ne trouve pas de plaisir à son récit, c'est que je n'aurai pas su y mettre tout le charme qui l'environnait et s'en répandait.

LES DANGERS

DE LA PRÉVENTION,

ROMAN ANECDOTIQUE.

CE n'est pas sans raison qu'on a dit
que le vrai n'était pas toujours vrai-
semblable : les Aventures extraordi-
naires que je vais raconter en sont la
preuve. S'il s'élevait des doutes sur la
véracité de mon récit, je montrerais
les personnages : ils existent.

Vers la fin du règne de Louis XV,
toute la France avait le desir d'acqué-
rir assez de fortune pour acheter des
charges qu'on appelait des *savonnettes
à vilain*, et sortir par ce moyen de la
classe du peuple. Il était aussi commun à Paris qu'à Londres, de voir des

1

cousins-germains, les uns en *talons rouges*, et les autres l'aune à la main; avec cette différence, qu'à Paris le porteur de talons rouges dédaignait ses parents, et qu'à Londres un lord va de pair avec le marchand et le fabricant.

Un riche marchand Bijoutier avait acquis une fortune considérable. Tout *boursoufflé* de son opulence, il quitte tout-à-coup le commerce, prend un hôtel, un carrosse pour lui, un pour sa femme, un pour ses enfants.

La mode était alors de chasser les laborieux jardiniers qui approvisionnaient Paris; de mettre, à la place de leurs utiles chaumières, des palais, et de transformer leurs potagers en jardins anglais. Notre marchand voulut être du bon ton : il acheta à grands frais un vaste terrain; un superbe édifice y fut construit; une rivière dont l'eau du puits était la source, y fut formée; des ponts, des rochers, des ruines, des arbres étrangers, etc. — Mon héros avait un nom qui ne répondait point à la magnificence qu'il annonçait.

Voltaire a dit que les femmes étaient plus propres à jeter de la poudre aux yeux que les hommes ; et que fussent-elles nées dans la classe la plus abjecte, elles savaient à propos prendre un ton et des manières qui en imposaient aux plus défiants.

La femme de notre marchand justifia cette assertion. Un beau matin, elle reçut une lettre dont la suscription la fit rougir ; il n'y avait pourtant rien d'insultant, puisque l'on avait eu soin de mettre : *en son hôtel, Chaussée d'Antin*. Mais *le commun de son nom* ne cadrait point avec le contenu de la lettre.

Un de ces êtres qui sont à l'affût des fortunes pour tâcher d'augmenter la leur, avait très-judicieusement découvert, en achetant une *boucle de col*

chez Madame Remi (c'est ainsi que
ces nouveaux seigneurs se nommaient),
qu'elle avait une dose d'amour-propre
qui permettait de tout hasarder ; et que,
plus fort serait l'encens, plus elle accor-
derait de bienveillance au porteur de l'en-
censoir. Il vint la visiter, et ne ménagea
point les compliments. Madame Remi,
enchantée des louanges qu'on lui donnait, ne crut point assez faire que de
doubler la somme que l'adroit flatteur
lui demandait. Ayant répondu fort
gracieusement au Monsieur qui savait
si bien louer, elle fit venir M. Remi,
et lui tint mot pour mot ce discours.

— Monsieur, il est étonnant que
vous n'ayez point pensé, en quittant
votre boutique, à quitter aussi votre nom.
Celui de Remi était tout ce qu'il fallait
pour accepter ou endosser des lettres
de change ; mais aujourd'hui que nous
sommes dans le cas de voir des *gens de
qualité*, je rougis quand on m'appelle

Madame Remi. Vingt fois, j'ai été sur le point de ne pas répondre.

— Ma femme, j'ai pendant trente ans honoré mon nom par une exactitude scrupuleuse à acquitter mes billets, et je ne me soucie pas du tout d'en changer. Mon père, qui est Bonnetier dans sa province, et qui, malgré une honnête aisance, n'a jamais voulu quitter le commerce, me ferait à juste titre des reproches, si je quittais un nom qu'il a illustré dans son village, par le bien qu'il a fait à tous les habitants, qui, de pauvres qu'ils étaient, sont devenus riches, à l'aide des métiers qu'il leur a donnés, et des avances qu'il leur a faites. Non, ma femme; non, je ne puis condescendre à vos desirs.

— Et moi, Monsieur, je vous déclare qu'à dater d'aujourd'hui, je quitte votre nom. Je prétends aussi que mon fils prenne celui de la terre que vous avez achetée; et j'exige que vous fassiez

l'acquisition d'une nouvelle terre pour
que ma fille ne s'appelle point Mademoiselle *Remi*.

M. Remi consentit à acheter la terre,
à ce que sa fille et son fils s'appelassent,
de son vivant, autrement que lui; mais
il ne voulut point absolument changer
son nom. Après une longue discus-
sion, on convint par arrangement qu'on
ajouterait un *saint*, et qu'au lieu de
Monsieur Remi, on dirait *Monsieur
de Saint-Remi*.

Madame de Saint-Remi, qui avait
une fort bonne table, n'était jamais
seule à diner. Il ne fut pas difficile aux
convives habitués, qui déjà l'appelaient
Madame de Remi, d'y ajouter le *saint*.
Tout s'arrangea au mieux. Cela fut
plus difficile dans l'intérieur de la maison. La gouvernante de Mademoiselle
de Fontignan (c'est le nouveau nom
de Mademoiselle Remi), accoutumée
depuis long-temps avec sa jeune élève,

ne la nommait jamais que *Victoire*, nom qu'elle portait depuis le jour de son baptême. Vous pensez bien que *Madame de Saint-Remi* ne put souffrir plus long-temps cette familiarité ; elle renouvela avec cette excellente fille la scène *des Femmes Savantes*, et congédia la pauvre bonne, parce qu'elle ne savait pas assez bien parler.

Il fut question de donner une gouvernante *comme il faut* à Mademoiselle de Fontignan. Le chevalier de Tournant, qui était celui qui avait été cause du *saint* ajouté au nom, offrit une jeune personne dont la fortune ne répondait point à la naissance, mais qui avait des qualités essentielles, et donnerait à Mademoiselle, des sentiments et une élévation d'ame qui pût être d'accord avec les grands biens qu'elle devait espérer.

La Demoiselle fut acceptée sans autre information : dès le lendemain, elle prit possession de sa place. Il faut être vrai dans tout. Mademoiselle de Soulange (la nouvelle gouvernante proposée par le chevalier de Tournant), forcée, par des malheurs qu'elle ne s'était point attirés, d'entreprendre l'éducation de Mademoiselle Remi, prit la résolution de former le cœur de son élève à la vertu, et de lui inspirer des sentiments qui la fissent chérir pour elle seule, sans calculer les avantages de la fortune de ses parents. Elle y a réussi parfaitement; elle est aujourd'hui épouse et mère estimable, considérant celle qui l'a élevée, comme sa seconde mère, et lui témoignant le respect et la reconnaissance que les soins qu'elle a pris de son éducation méritent d'un cœur honnête.

Le choix ne fut pas aussi heureux pour M. de Marneille, fils de M. Remi. Son gouverneur, content d'une somme de quatre mille livres par an, qui lui était régulièrement payée, et de l'assurance de cette somme pour pension après que l'éducation serait finie, ne songea qu'à captiver la bienveillance du jeune homme, afin d'augmenter, s'il était possible, ses bienfaits. Il ne le contrariait en rien; bien souvent il copiait ses devoirs, pendant que son élève jouait au ballon, ou tourmentait un chien dont il faisait un martyr. M. Remi, qui n'avait jamais étendu ses connaissances au-delà de la valeur du *marc d'argent*, trouvait que son fils était un prodige.

Mademoiselle de Soulange (gouvernante de la petite Remi) n'avait pris la résolution d'entrer chez Madame Remi, que par les conseils de M. de Tilly, ancien ami de son père, qui craignait que sa figure noble et intéressante ne lui suscitât des embarras dont son inexpérience ne pourrait la garantir. Cet homme honnête venait quelquefois la visiter et la convaincre de la nécessité de remplir les devoirs qu'elle s'était imposés.

Madame de Saint-Remi avait rencontré chez sa fille, l'ami de Mademoiselle de Soulange; et, en cette qualité, l'avait prié de lui faire le plaisir de venir *à son cercle*. Par attachement pour sa jeune amie, il avait accepté l'invitation.

Sans être insinuant comme les jeunes fous qui composaient la société de Madame de Saint-Remi, M. de Tilly inspirait une confiance qu'on était forcé de lui accorder entièrement, quand on le connaissait davantage. Un soir, il se rendit d'assez bonne heure chez Madame de Saint-Remi. La société n'étant pas assez nombreuse pour lier les parties, on se mit à converser.

M. de Saint-Remi, qui avait une grande considération pour Mademoiselle de Soulange, fit son éloge devant

M. de Tilly. Je n'ai pas assez de connaissances, ajouta-t-il, pour apprécier la
différence de l'éducation de ma fille et
de mon fils, mais je crois que ma fille
sera plus instruite que son frère.

Le chevalier de Tournant, qui était
présent à l'entretien, et qui avait aussi
donné le gouverneur, demanda, en
riant, *à son ami,* M. de Saint-Remi, s'il
avait envie de faire de son fils un philosophe ou un théologien. J'approuve
fort que Mademoiselle de Fontignan
reçoive une brillante éducation, parce
qu'il serait très-possible, pour augmenter la fortune de son frère, que vous en
fissiez une *abbesse.* — Sans doute, dit
Madame de Saint-Remi, qui voyait
déjà sa fille avec une belle croix d'or.
— Je conclus donc, continua le chevalier, que *M. de Marneille* est élevé
comme il faut qu'il le soit. Il aura toujours assez de science pour mener un
diable, ordonner un bon diner, et faire

un mariage qui lui procurera des al-
liances honorables. Pour vous prouver
ce que j'avance, je vais vous raconter ce
qui est arrivé entre le roi et le dauphin,
mort. Je vous atteste la vérité du fait,
j'étais ami de M. le dauphin, défunt.

L'année de la mort du dauphin, la
cour resta à Fontainebleau jusqu'au
mois de décembre. Le roi chassait
tous les jours pour passer le temps,
mais il avait l'attention, avant de partir
pour la chasse, d'aller chez son fils. Un
jour qu'il avait promis à ses trois petits-
fils de les mener avec lui, il rencontra,
en allant chez le dauphin, le duc de
Berry, maintenant dauphin, qui retournait dans son appartement, où sou
père l'avait envoyé aux arrêts. Le petit
prince pleurait, et sa douleur augmenta
en apercevant son grand-père qui allait
partir sans lui pour la chasse. Le roi
s'enquit du sujet de son chagrin. L'enfant lui répondit, en sanglottant, qu'il

allait aux arrêts, parce qu'il ne savait pas son *Evangile*. Le bon papa le prend par la main, et le remène chez son père, demande grâce, et propose de faire répéter l'*Evangile*. Il prend le petit prince sur ses genoux, et lui dicte à peu près ce qu'il devait répondre. A moitié de la leçon, il referme le livre, et s'écrie : *c'est à merveille ; je n'en ai jamais tant su. Viens, mon ami, avec moi à la chasse ; tu n'es pas destiné à être un capucin.*

La petite histoire fut très-applaudie, et l'on en conclut que M. de Marneille étant *héritier présomptif* de la fortune de son père, il était à peu près indifférent qu'il acquît des sciences qui ne sont nécessaires qu'à ceux qui en ont besoin pour exister.

M. de Tilly prétendit qu'on pouvait être très-agréable en société, et n'être pas pour cela un ignorant. Il eut même la bonhommie de dire que l'instruction

ajoutait à l'amabilité. Je ne doute pas,
continua-t-il, que M. de Marneille ne
réponde aux soins de son gouverneur,
qui sans doute est convaincu que, lorsqu'on entreprend une éducation, on
doit considérer ce qu'est l'élève, ce
qu'il doit être, et comment il faut l'instruire ou le gouverner.

Ces maximes étaient bonnes du temps
de François Ier., mon cher Monsieur, reprit le chevalier de Tournant;
il était nécessaire que nos ancêtres
étudiassent beaucoup pour nous éviter
cet ennui. Nous avons aujourd'hui des
dictionnaires de toutes les sciences ; je
ne désespère même pas qu'on ne mette
aussi quelques jours la morale en dic-
tionnaire, afin de nous en donner une
idée : mais, résumons-nous. Que vou-
driez-vous que Marneille apprît? l'as-
tronomie ! mon Dieu, ne sait-on pas
qu'elle est la fille de l'oisiveté, et qu'é-
tant destiné à jouir de deux cent mille

livres de rente, tous ses moments seront remplis sans qu'il soit obligé d'aller
lire aux cieux ? quand à peine aura-
t-il assez de temps pour lire dans les
yeux des belles qui se disputeront sa
conquête.

Est-ce la géométrie qu'il faut qu'il
apprenne ? N'est-elle pas un peu aussi
a fille de l'intérêt? Marneille n'en a plus
besoin ; Monsieur de Saint-Remi a pris
ce soin pour lui. Je vous le répète : qu'il
ache plaire, voilà toute la science né-
essaire.

Si Monsieur de Saint-Remi veut que
son fils soit un magistrat, un avocat se
hargera de faire son droit, et son ar-
ent aplanira toutes les difficultés. S'il
veut en faire un militaire, il achetera
ne compagnie de cavalerie ; tandis
qu'il donnera des repas à ses camarades,
t des bals aux dames de sa garnison,
e sergent-fourrier réglera la compagnie.
insi, je conclus qu'avec de la fortune

et une jolie figure, on est toujours assez
savant.

Vous avez raison, chevalier, reprit
Monsieur de Tilly, votre morale est plus
analogue au temps présent : je crois
avec vous que la mienne pourrait passer
pour surannée, et que je me nourris-
sais de chimère, en pensant que la
science était la seule chose qui fût indé-
pendante de la fortune et de la beauté.

Monsieur le chevalier eut sans doute
répliqué quelques sottises, s'il n'en eût
été empêché par la nombreuse société
qui abonda chez Madame de Saint-
Remi.

Tout le monde était alors occupé de
la magnificence avec laquelle on com-
posait la maison des princes ; et chacun,
tout en blâmant cette prodigalité, ambitionnait d'y remplir une place.

Le chevalier de Tournant, en sa qualité d'écuyer du feu dauphin, était sur
les rangs ; voulant que sa charge ne lui

coûtât rien, il imagina d'en faire acheter une à M. de Saint-Remy pour son
fils. Une chose l'embarrassait, c'était
la roture bien prouvée de cette opu-
lente famille ; mais le destin qui le
protégeait, suscita à ses bons amis un
embarras dont il sut profiter.

Madame de Saint-Remi qui avait exigé
de son mari, qu'il achetât deux terres
titrées, n'avait pas calculé les résultats
de ses acquisitions, ou pour bien dire,
elle ne les connaissait pas.

Les gens chargés de la perception
des droits de francs-fiefs, vinrent très-
impoliment prouver à Monsieur et à
Madame de Saint-Remi, qu'ils étaient
des *vilains* qui jouaient le rôle de gens
de qualité ; mais que, pour en avoir le
droit, il fallait qu'ils payassent au fisc
une année de leurs revenus.

Madame de Saint-Remi trouva fort
inconvenant la demande de ces mes-
sieurs ; et ne sachant comment arranger

1.   2

cette affaire, elle eut recours à son ami le chevalier de Tournant.

Celui-ci, en habile conseiller, eut bientôt aplani les difficultés ; il dit qu'il fallait que M. Remi le *bonnetier*, achetât une charge de secrétaire du roi ; que son fils, M. de Saint-Remi, prendrait le titre d'*écuyer*, que M. de Marneille pourrait prendre celui de *chevalier*, et acheter une charge de gentilhomme dans la maison des princes ; qu'il en faisait son affaire.

Le difficile était de faire consentir le bon fabricant à cette dépense, lui qui avait calculé que, pour venir à Paris voir ses enfants, il lui en coûterait au moins une dizaine de louis, et qui s'était refusé au plaisir de les embrasser, par économie.

Ce fut encore le bon chevalier qui trouva un expédient. Votre père est un avare, leur dit-il : eh bien ! c'est un moyen de flatter son avarice, achetez la charge en son nom , et laissez-le jouir des intérêts ; votre mari est fils unique, cela ne lui fera aucun tort, et au moins vous pourrez aller de pair avec nos femmes de *condition*, vous faire porter *la robe et le sac à l'église.*

Tout ce qui flattait l'amour-propre de Madame Remi avait son assentiment ; elle adopta avec plaisir les conseils du chevalier , fit traiter , dès le même jour , d'une charge *du grand-collège*, et partit aussitôt pour la petite ville de l'Aigle , renommée pour ses ciseaux et ses bas.

Elle débuta avec son beau-père, par le cadeau qu'elle lui faisait de quatre mille livres de rente. Le bon Remi crut qu'il devait faire de grands honneurs à sa bru : le jour de son arrivée fut un jour de fête, les métiers se reposèrent ; et le tabellion, le maître d'école, M. le curé furent invités à venir manger une oie avec Madame de Saint-Remi.

Le lendemain, quand il fallut faire consentir le beau-père à venir à Paris pour faire sa visite *au doyen*, et payer le droit de marc-d'or, sa joie diminua de beaucoup; et sans la vieille gouvernante que Madame de Saint-Remi avait eu la précaution de met tre dans ses intérêts, le voyage était manqué.

Le bon Remi ne pouvait prendre sur lui d'abandonner ses métiers, qui faisaient sa plus chère occupation, et ses vieux amis, qui tous les soirs venaient faire avec lui sa partie de *mouche* ou de *triomphe*.

Le destin qui avait arrêté que Remi le bonnetier mourrait ennobli, conduisit les choses au gré des desirs de sa belle-fille, qui le mena en triomphe dans son palais de la Chaussée-d'Antin.

Il fallait voir l'étonnement de ce bon homme, qui pouvait à peine se reconnaître au milieu du nombreux domestique qui l'entourait, lorsqu'il ne

pouvait plus tenir à tout le brouhaha
du sallon, et qu'il voulait se retirer dans
son appartement (qu'il s'obstinait à nommer sa chambre); et vit qu'il était obligé
de prier un domestique de lui indiquer
le chemin, lequel domestique, pour
le faire damner, lui faisait parcourir
l'hôtel, descendre et monter trois ou
quatre escaliers.

Ce fut bien pis, quand on dit au bon-
homme, qu'il ne pouvait plus être
marchand; qu'il *dérogerait*, s'il conti-
nuait un état qu'un *noble* ne pouvait
exercer. Il envoya promener les nobles
et les donneurs de conseils, et partit
un beau matin avant que personne fût
levé dans l'hôtel.

Comme son départ fut très-incognito,
et qu'il manquait d'argent, ayant trouvé
fort inutile de s'en charger en quittant
l'Aigle, il résolut de faire la route à
pied, ce qui s'accordait parfaitement
bien avec son économie.

C'était au mois d'août qu'il entreprit ce voyage; il fit tant de diligence à sa première journée, qu'il gagna une fluxion de poitrine, et fut obligé de s'arrêter à une mauvaise auberge, où un *frater*, élève de *Sangrado*, l'eut bientôt mis aux prises avec l'impitoyable *camarde*. Le pauvre bonnetier avait connu le malheur aussitôt qu'on l'avait forcé de sortir de sa sphère : dans sa mauvaise humeur, il se déchaînait contre sa belle-fille, qu'il blâmait fortement d'avoir ajouté un *saint* à son nom, plutôt que de conserver celui de Remi.

Par un hasard fort singulier, le bon-homme se trouvait dans le village de Fontignan, dont son fils avait fait, un an auparavant, l'acquisition. Le chirurgien, qui était celui de la concierge du château, courut vîte l'avertir, que M. de Saint-Remi, le père, était dangereusement malade dans un cabaret; qu'il fallait en prévenir Monsieur son

fils , et le faire préalablement transporter au château. Son avis fut suivi ;
et pour faire plus d'honneur au père
de son maître ; la concierge le fit mettre
dans l'appartement d'honneur, qui était
au rez-de-chaussée, exposé au nord,
et très-peu propre à la position du malade, à qui il aurait fallu une chambre
chaude et sèche.

Il fallut employer la force pour lui
faire changer de demeure ; la colère
où il se mit, et le froid qui le saisit accé-
lérent le moment de sa mort; et quand
M. de Saint-Remi, à qui l'on avait envoyé un exprès, arriva , il trouva son
père expirant.

A part l'amour-propre de M. et de
Madame de Saint-Remi , ils étaient de
fort bonnes gens ; M. de Saint-Remi
sur-tout aimait son père avec tendresse;
il le pleura de bonne foi , et consentit
plutôt par amour que par ostentation
à lui faire un superbe catafalque.

Toute la maison de Saint-Remi *drap-*
pa; et Madame fut huit jours enfermée
sans recevoir aucune visite ; après quoi
elle alla rendre celle qu'on était venu
faire à son portier.

Le jeune de Marneille , par les soins
de son ami, le chevalier de Tournant,
eut une charge dans la Maison militaire
du comte d'Artois, et parce moyen celle
qu'il acheta pour lui ne lui coûta rien.

Tandis que cette famille s'enivrait
d'orgueil, Mademoiselle de Soulange
inspirait à son élève des sentiments bien
opposés ; elle l'instruisait à être honnête avec ses égaux, et bonne avec ses
inférieurs. Les talents utiles et agréables faisaient sa seule occupation. Cette
jeune personne répondait parfaitement
aux soins de son estimable institutrice.
Pour son bonheur, on avait persuadé
à Madame de Saint-Remi, qu'une Demoiselle ne devait paraître dans le
monde, que lorsqu'on était sur le point

de la marier ; de sorte que Mademoiselle de Soulange était presque toujours
seule avec son élève : elle en prit occasion de lui faire chérir la solitude : ma
chère amie, lui disait-elle, il faut toujours employer son temps, ceux *qui le
tuent* finissent par être accablés d'ennui.

Le jeune Marneille, jeté dans le tourbillon du monde avant de pouvoir s'y
conduire, ne savait rien que plaire,
ainsi que l'avait conseillé le chevalier
de Tournant. Heureusement la musique était déjà de mode, les princesses
donnaient des concerts, leurs dames
d'honneur les initiaient, et leurs femmes du second ordre auraient cru manquer à l'*étiquette*, si, à l'instar de leurs
maîtresses, elles n'eussent pas été ou
paru être des *virtuoses*.

Marneille eut honte de se trouver en
société sans pouvoir déchiffrer l'*a-
riette du jour* ; il prit un maître. Il
avait d'heureuses dispositions : en très-

peu de temps il devint un excellent violon : l'envie de briller lui donnait le desir de surpasser les *amateurs* qui se trouvaient dans les concerts. Il travaillait avec une exactitude qui démontrait bien qu'il eût été susceptible d'apprendre, si l'on eût pris la peine de lui montrer.

Madame de Saint-Remi, voyant que son fils avait pris du goût pour la musique, fixa un jour de la semaine où elle rassemblait les meilleurs artistes.

Mademoiselle de Soulange se perfectionnait dans cet art, et communiquait ses connaissances à son élève.

Monsieur et Madame de Saint-Remi s'étaient répété tant de fois qu'ils étaient *des gens comme il faut*, qu'ils finirent par se le persuader.

Les personnes qui fréquentaient leur maison, s'y trouvant parfaitement bien reçues, n'avaient aucun intérêt à les en dissuader, et tout allait au gré de leur desir.

Madame de Saint-Remi avait fait la
connaissance d'une femme, qui, par elle-
même, était *fille de qualité*, mais que
la modicité de sa fortune avait forcée
d'épouser un *presque gentilhomme*. En
considération des parents de sa femme,
on donna à M. Artur de *** le titre de
comte ; il fut présenté à la cour, sa
femme obtint une place, dite *dame du
palais de la reine*, et M. le comte Artur *** prit facilement les tons et les
manières d'un homme de qualité. Pour
se mettre à la mode, il se prosternait
devant le monarque, et se déchaînait
contre les ministres. Comme il faisait
assidument sa cour à la maîtresse favorite du roi, il eut le rare avantage
d'être cité en toute lettre dans une chanson qui courut la ville. Je ne donnerai
pas le couplet : la précaution que je
prendrais de taire les noms, ferait même
des mécontents, s'il se trouvait de mes
héros qui eussent de la mémoire. Enfin

Madame la comtesse Artur ✱✱✱ était l'amie intime de Madame de Saint-Remi, sa complaisante assidue; mais ce n'était pas sans motif : elle avait une fille, possédant à peu près quatre cents livres de rentes. Madame la comtesse Artur avait échoué dans beaucoup de mariages qu'elle avait tentés pour sa fille; en dernier résultat, elle avait résolu de la marier au petit de Marneille. Après avoir fait ériger sa terre en marquisat, elle avait bien pensé aussi à faire une double alliance, en faisant épouser Mademoiselle de Fontignan par son fils : mais la grande jeunesse de cette dernière était un obstacle.

J'ai connu des personnes qui m'ont assurée avoir vu la comtesse Artur, dans l'anti-chambre de madame de Saint-Remi, demander aux valets-de-chambre leur amitié pour sa fille, quand elle serait leur maîtresse.

Ceux qui ont eu quelques liaisons

avec les gens de qualité qui flattaient
les roturiers pour leur fortune, croi-
ront facilement à cet excès de bas-
sesse.

La proposition du mariage se fit par
l'entremise du chevalier de Tournant,
à qui l'on fit l'honneur de dire qu'il était
un peu allié à la maison d'Artur.

Peu s'en fallut que Madame de Saint-
Remi ne fît comme la grenouille de la
fable, quand l'adroit chevalier lui démontra les avantages qu'elle retirerait
de cette alliance. — Marneille sera présenté à la cour, il aura le titre de marquis, le duc de ***, le maréchal de ***
seront ses parents, et toute cette famille
vous considérera comme la mère de leur
cousin.

Vous pensez bien que madame de
Saint - Remi ne se fit pas prier long-
temps : elle convint même de donner
un beau présent de noce à l'officieux
chevalier.

On prit jour pour faire la demande en cérémonie.

Madame de Saint-Remi fit faire une livrée neuve; et, accompagnée de son mari (décoré de la croix de Saint-Louis, moyennant une charge d'huissier de l'ordre) et du chevalier de Tournant, elle arriva chez la comtesse Artur, où toute la *noble famille* l'attendait.

Madame de Saint-Remi, à l'aspect des cordons bleus, des cordons rouges dont elle allait devenir l'alliée, était si énorgueillie, qu'elle pensa faire changer la résolution où ils étaient de s'appro-prier safortune, en affectant de traiter avec eux d'égal à égal. Sans son ami le chevalier, tout était manqué.

Dès le même jour, on stipula les clauses du contrat; la demoiselle fut avantagée comme bien vous le pensez; et la belle-mère, en reconnoissance de l'amitié que sa bru lui témoignait, lui fit cadeau d'un superbe écrin de dia-

mants choisis par son futur beau-père,
qui ajouta qu'on pouvait s'en rappor-
ter à lui, qu'il s'y connaissait.

Un mariage de cette importance exi-
geait des préparatifs qui répondissent
à la qualité et à la richesse des conjoints.

On fit faire des étoffes à Lyon ; des
voitures chez le sellier du roi. Pendant
ce temps, on sollicitait la grâce de faire
ériger la terre de Marneille en marquisat ; et la favorite avait promis son
appui. — Mais le destin qui se joue des
projets des faibles humains , fit tomber
le roi dangereusement malade de la
petite-vérole. Le dixième jour de sa
maladie, il expira ; et avec lui périt
le crédit de sa favorite et de ses cour-
tisans. D'autres amis de Madame de
Saint-Remi lui représentèrent que cette
famille étant tombée en discrédit, il
serait imprudent de contracter une alliance avec elle ; que les gens de la
nouvelle cour s'abstiendraient de la voir

si elle était liée avec une famille qui ne tenait son lustre que de la protection d'une courtisane. Le chevalier de Tournant ne fut pas le dernier à déclarer que c'était à tort que la comtesse Artur se disait sa parente; que jamais il n'avait eu de liaison avec elle. Toutes ces considérations firent rompre le mariage.

Le nouveau monarque, en montant sur le trône, avait rappelé auprès de lui les anciens conseillers de son aïeul. On ignorait alors ce que serait ce jeune roi; s'il rendrait le peuple heureux ou malheureux. Mais la folie des chansons était dans la tête de tous les Français; l'on chanta Louis XVI, comme on avait fait un mois auparavant de Louis XV.

Un couplet fut colporté dans toutes les maisons de Versailles et de la capitale. Marneille fut un des premiers à le chanter; il en fit même quelques copies. Un des parents de Mademoiselle Artur ✳✳✳, offensé de l'indécence avec laquelle les Remi avaient rompu le mariage, accusa le jeune homme d'en être l'auteur. L'amour-propre l'en fit presque convenir ; et il fut exilé.

Voici le couplet qui causa sa dis-grâce :

Air : *Madame Olimpe est tout en pleurs.*

> Maurepas revient triomphant,
> Voilà ce que c'est que d'être impuissant.
> Le roi lui dit en l'embrassant :
> Quand on se ressemble,
> Il faut qu'on s'assemble.
> Que nous allons être décents !
> Voilà ce que c'est que d'être impuissants.

Madame de Saint-Remi était incon-solable de l'exil de son fils. Le che-valier de Tournant lui fit remarquer qu'on ne prenait ce parti qu'avec des gens d'un certain rang ; que si Mar-neille était resté roturier, on se serait contenté de le bannir ; mais qu'un gen-

tilhomme de M. le comte d'Artois,
méritait des considérations. L'amour-
propre, qui était le mobile qui faisait
agir Madame de Saint-Remi, vint à son
aide pour la consoler. Marneille obtint,
par l'entremise de son maître, (qui
n'était peut-être pas fâché que l'on
crût la chanson vraie) la permission de
voyager. Il partit pour l'Allemagne, où
il se perfectionna encore dans la musique.

Plusieurs années s'écoulèrent sans
événements remarquables pour la famille Remi. Mademoiselle de Fontignan
avait été plusieurs fois demandée en
mariage ; mais sa mère n'avait point
oublié qu'elle pourrait en faire une
abbesse, par ce moyen, augmenter la
fortune de son fils, et lui faire contracter une alliance avantageuse : aucun
parti ne lui avait convenu pour sa fille.

En 1787, Mademoiselle de Fontignan,
qui avait alors 21 ans, d'une char-

ante figure, et parfaitement élevée, xa les regards d'un jeune homme fait our plaire à tout autre qu'à Madame emi, qui ne prétendait s'allier qu'à es gens revêtus de titres pompeux. Le eune homme, que je nommerai *M. de aint-Albin*, fut éconduit avec hau- eur; je dirai même avec mépris.

Mademoiselle de Soulange, qui s'était aperçue que son élève (qui était de- nue son amie) n'avait pu voir avec ndifférence l'aimable Saint-Albin, em- loya l'empire qu'elle avait sur son sprit, pour l'engager à suivre les vo- ntés de sa mère. Le sentiment impé- ieux de l'amour ne lui permettait pas e suivre les avis de son amie. Elle se laignait amèrement de l'injustice de sa mère. Elle prouva dans cette circons- tance, combien une bonne éducation donne les moyens de supporter les eines dont la vie humaine est semée. lle se plaignait; mais ce n'était que

dans le sein de son amie qu'elle épan-
chait sa douleur. Aucun autre individu
n'aurait pu soupçonner le chagrin qui
la dévorait.

Marneille était revenu de son exil;
on pensa sérieusement à le marier.
Beaucoup de gens courant après sa fortune, Madame de Saint-Remi ne fut
qu'embarrassée du choix de la Demoiselle. Enfin, elle se détermina pour une
qui était prête à être reçue au noble
chapitre de Maubeuge.

Madame de Saint-Remi étala le plus
grand luxe au nom de son fils. Il y eut
bal paré et bal masqué. Le jeune Saint-
Albin profita de cette occasion pour
voir celle qui absorbait toutes ses
pensées. Il prit un déguisement de
Bohémien. Après avoir parcouru les
différentes salles, sans rencontrer sa
bien-aimée, il descendit au jardin, qui
était illuminé superbement. Il rencontra enfin Mademoiselle de Soulange,

déguisée en Minerve, et tenant par la main une jeune bergère.

Depuis long-temps, lui dit-il, je cherche la Sagesse. Je devais la rencontrer ici, protégeant l'Innocence ; mais toute déesse que vous êtes, vous e connaissez peut-être pas l'avenir comme moi. Il faut que je dise la bonne-aventure à Minerve, et à cette jeune beauté qu'elle couvre de son égide.

L'espèce de liberté que donne le asque, engagea Mademoiselle de Souange à écouter le Bohémien, qui lui ronostiqua des choses fort agréables. uis, s'adressant à Mademoiselle de ontignan, il lui dit : Le sort, queluefois injuste, ne le sera pas envers ous, si vous êtes constante, si vous ré-ondez aux sentiments d'un homme qui brûle du desir de vous témoigner sa tendresse. L'ambition de vos parents n'est pas satisfaite ; l'alliance qu'ils viennent de contracter, les engagera à

vous sacrifier, pour augmenter la fortune de votre frère. Sachez résister ; et
je vous promets un sort heureux.

Le Bohémien se perdit dans la foule,
et laissa Mademoiselle de Soulange fort
inquiète de savoir qui était ce masque.
Le trouble de sa jeune amie lui fit soupçonner que c'était Saint-Albin. Madame de Saint-Remi, qui les joignit,
empêcha la prudente Minerve de lui
faire aucune question ; ils rentrèrent
dans les appartements. Le Bohémien se
trouva pour leur offrir la main. Il pria
Mademoiselle de Fontignan de danser
avec lui *le menuet de la cour.* Il savait
combien elle avait de talent pour la
danse ; il jouissait d'avance du plaisir
de l'entendre louer, et de la posséder
seul, sans qu'aucun autre danseur vînt
figurer avec elle.

Le menuet fini, il la reconduisit à sa
place, et la pria de ne pas oublier ses
prédictions.

Rentrée dans son appartement, Mademoiselle de Fontignan épancha son ame dans celle de son amie. Elle fit des serments de fidélité, que Saint-Albin ne pouvait entendre, mais qui l'auraient comblé de joie.

Ma bonne amie, dit-elle un jour à Mademoiselle de Soulange, j'ai imaginé un moyen de satisfaire ma mère, et de ne point sacrifier mon amant. S'il m'aime véritablement, il attendra sans se plaindre que le sort nous soit favorable. Si je me trompe sur ses sentiments, il ne saura jamais ceux qu'il m'a inspirés : j'aime mieux pleurer un infidèle qu'un ingrat.

Voici ce que je proposerai à ma mère. Je suis née, comme vous savez, en Normandie : dans ce pays, l'on est majeur à 21 ans; je lui déclarerai que je renonce au mariage; et, pour le lui prouver, je la prierai d'engager le frère de ma belle-sœur à solliciter, pour moi, *un brevet de dame.* Cela flattera son amour-propre ; et le temps, qui amène tous les événements, me permettra peut-être un jour de confirmer le don de mon cœur par le don de ma main.

Mademoiselle de Soulange approuva la résolution de sa jeune amie ; et dès le lendemain, elle fit sa demande à sa mère.

Quelque temps avant le mariage de Marneille, Madame de Saint-Remi avait payé une somme à la chancellerie, pour que son mari pût prendre le titre de *comte de Fontignan*, attendu que cette terre était un fief de *haut Bert.* Avec de l'argent, on parvenait à tout ; et M. Remi, dans le contrat de mariage de son fils, avait pris les titres de *marquis de Marneille, comte de Fontignan, et autres lieux.*

Le chevalier de Tournant, ce fidèle ami de Madame de Saint-Remi, qui était présent lorsque Mademoiselle de

Fontignan fit sa proposition à sa mère, de la faire breveter *dame*, donna son assentiment. Il n'en fallut pas davantage pour y faire consentir Madame de Saint-Remi, qui loua beaucoup Mademoiselle de Soulange d'avoir inspiré des sentiments aussi nobles à sa fille. Elle lui proposa, pour lui témoigner sa reconnaissance, de la faire breveter aussi ; mais la modeste Soulange l'assura qu'elle n'ambitionnait point d'autre titre, que celui d'*amie de la famille.*

L'épouse du jeune Marneille, contente de jouir d'une fortune considérable, et de commander en souveraine chez sa belle-mère, n'affectait point, avec ses parents, cet air de hauteur si familier à ceux qui *s'allient aux roturiers.* Elle aimait de bonne-foi sa belle-sœur, à qui, pour dire vrai, il était impossible de ne pas s'attacher, quand on la connaissait. Elle fit donc (croyant la flatter) les démarches les plus vives

1.   4

auprès du ministre, pour obtenir le brevet de dame; et revint en triomphe, à Paris, faire part de sa réussite.

Mademoiselle de Fontignan, devenue *Madame la comtesse*, fut présentée sous ce nouveau titre.

Madame de Saint-Remi, à qui rien ne coûtait, qu'andil était que stion de satisfaire son amour-propre, donna à sa fille un carrosse, où elle eut le soin de faire mettre un *écusson* en losange des armes de sa maison, qu'elle avait fait venir exprès de *Milan;* elle eut deux laquais à grande livrée pour elle seule.

Mademoiselle de Soulange devint sa demoiselle de compagnie. Les deux amies quittaient souvent le cercle nombreux de madame de Saint-Remi, pour faire des promenades solitaires : d'intéressantes lectures ne leur permettaient pas de regretter les conversations insignifiantes qu'elles étaient quelquefois obligées d'entendre.

A-peu-près à cette époque, on convoqua les assemblées provinciales : le chevalier de Tournant persuada à madame de Saint-Remi qu'il fallait qu'elle représentât dans cette occasion, le marquisat de Marneille étant très — près d'une ville où il y avait une assemblée ; qu'il était de sa dignité, comme *seigneur* d'une terre titrée, d'y passer le temps où les notables seraient réunis, et de tenir table ouverte.

Madame Remi se persuada facilement qu'elle représenterait comme la femme *du gouverneur de la province* ; elle invita nombreuse compagnie, et partit avec toute sa famille, sans oublier le chevalier de Tournant, qui était son conseiller intime.

Elle ne fut pas long-temps sans se repentir d'avoir fait ce voyage. Les gentils-hommes de province, à cheval sur leur treize quartiers, trouvèrent fort ridicules les torts de madame de Saint-

Remi ; on sut bientôt l'origine de sa
noblesse. Un poëte qui était de vingt
académies, excepté de celle des belles-
lettres, mit leur histoire en *pont-neuf;*
on les chanta dans toute la province;
ils furent forcés de déserter.

De retour à Paris, Madame de Saint-
Remi se consola de ce petit désagré-
ment, en donnant des fêtes pendant
le carnaval, où elle n'invita que des
gens de qualité.

Le moment approchait où elle aurait à se repentir d'avoir fait prendre
à son fils le ton d'un grand seigneur;
Madame de Saint-Remi n'avait jamais
calculé que, si elle perdait son mari,
sa fortune diminuerait considérable-
ment, vu les folles acquisitions qu'elle
l'avait forcé de faire. Ses terres étaient
situées en Normandie; elles étaient
terres seigneuriales : à la mort de M. de
Saint-Remi, elles appartenaient à son
fils, qui n'avait rien à lui rendre qu'une

dot fort modique, eu égard aux grands biens qu'ils avaient acquis depuis leur mariage, et où elle n'avait rien à prétendre, son fils étant noble, et les terres étant des fiefs.

Monsieur de Saint-Remi eut une attaque de goutte, que les médecins traitèrent d'un coup de sang; on le saigna. la goutte remonta, et l'étouffa avant qu'on eût pensé qu'il était en danger.

Madame de Saint-Remi, moins occupée de sa douleur, que de rendre les honneurs funèbres à son mari, chargea le chevalier de Tournant de ce soin : un corbillard, vingt voitures de deuils conduisirent en pompe le corps de M. Remi à Fontignan, dans le mausolée qu'il avait fait élever en l'honneur de son père.

Le grand deuil passé, les conseils de Madame la marquise de Marneille vinrent demander à Madame Remi la communication de son contrat de mariage.

En Normandie, il est d'usage de faire
les contrats de mariage des artisans ,
sous signature privée ; ils ont autant
de valeur que ceux passés devant no-
taires.

Madame Remi , devenue grande
dame, n'avait pas voulu qu'on trouvât
après elle, un contrat de mariage, où
pas un nom de qualité ne figurait ; elle
avait tout bonnement déchiré cet acte,
qu'elle regardait comme inutile. Il lui
fut donc impossible de le représenter ;
elle s'emporta contre les gens d'affaire
de sa belle-fille , et prétendit que la
moitié de la fortune devait lui appar-
tenir ; on lui démontra mathématique-
ment que M. le marquis de Marneille
était héritier des biens nobles, qu'il ne
devait qu'une dot à sa sœur, et que
pour elle, ne représentant aucune con-
vention *matrimoniale*, elle n'avait de
droit qu'à la bienveillance de son fils.

Madame de Saint-Remi se persuada,

selon sa coutume , que son fils avait des
sentiments *assez nobles* pour partager
sa fortune avec elle ; mais elle fut encore trompée dans ses espérances, il
avait trop bien pris les habitudes des
grands seigneurs, pour ne pas les imiter
en tout ; il répondit à la demande de
sa mère, qu'il avait *un rang* à soutenir,
qu'il lui ferait volontiers douze mille
livres de rentes. Madame Remi tonna
contre son fils, le menaça de lui faire un
procès, et de déclarer, dans un *factum*
qu'elle ferait imprimer, toutes les peines
qu'elle s'était donnée pour en faire un
homme de qualité. Le chevalier de Tournant lui conseilla de n'en rien faire, lui
observant que le ridicule retomberait sur
elle. Il alla consulter, et apprit que l'hôtel
de Paris devait se partager entre la mère
et les enfants ; qu'il valait bien quatre
cents mille francs, dont deux cents lui
appartiendraient en propre. Il lui conseilla d'accepter les douze mille livres

de rentes, avant de faire la demande de l'hôtel, et lui dit qu'avec ses diamants et les deux cents mille livres, elle se trouverait encore jouir d'une trentaine de mille livres; qu'elle louerait un appartement, soit à l'Abbaye-aux-Bois, soit à Trénel; que c'était ainsi que les femmes de qualité en usaient lors de leur veuvage; qu'elle pourrait avoir un aumônier à elle, être citée comme une femme pieuse, et qu'elle acquérerait une sorte de gloire qui n'était point à dédaigner.

L'adroit chevalier était depuis long-temps en possession de faire adopter ses idées à Madame de Saint-Remi; quand il éprouvait quelques difficultés, il attaquait son amour-propre, et était sûr de la réussite.

En se chargeant de la vente des diamants, il eut encore l'adresse de se faire donner un superbe solitaire, pour prix de ses peines.

Voilà donc Madame de Saint-Remi
retirée à *Trénel*, avec un aumônier, et
prenant le titre de *Dame bienfaisante;*
mais l'orgueil étant toujours la base
de ses actions, elle se serait bien gardée
de laisser ignorer ses bienfaits, et pour
y avoir droit, il fallait des preuves de
noblesse.

Elle avait mal pris son temps pour
perpétuer des titres dans sa famille, et
se donner le plaisir d'appeler ses petits-
enfants, *Monsieur le comte*, *Monsieur
le marquis*, etc., etc. Les assemblées
provinciales avaient dépensé beaucoup
d'argent, et n'en avaient point procuré.
La cour avait des besoins toujours re-
naissants; on assembla les Etats - gé-
néraux, et peu de temps après la noblesse héréditaire fut abolie dans toute la
France. A cette époque l'émigration devint de mode, et les nouveaux ennoblis
furent les premiers à quitter un pays où
on leur ôtait le droit de porter des titres

1.   5

qu'ils avaient achetés si cher. Le marquis de Marneille quitta Paris à l'époque où l'Assemblée nationale vint s'y fixer. Madame de Saint-Remi crut qu'il était de sa dignité de suivre son fils et sa belle - fille ; elle sortit de Trénel, et fut courir le monde ; elle menaça sa fille de sa malédiction, parce qu'elle refusa de quitter sa patrie.

Mademoiselle de Fontignan, trop bien élevée pour ne pas porter un tendre attachement à sa famille, fut mortellement affligée de leur départ : elle se consola de ses peines, en les confiant à son amie. Mademoiselle de Soulange ne voyait pas sans effroi la solitude dans laquelle allait être plongée son élève ; sa dot était hypothéquée sur la terre de Marneille ; son frère n'avait pas même eu la précaution de laisser un gérant de ses affaires. Cette prévoyante amie craignit avec raison que les intérêts de Mademoiselle de

Fontignan ne fussent compromis ; elle pensa à Saint-Albin : mais comme depuis long-temps son amie ne lui en avait point parlé, elle crut qu'elle l'avait banni de sa pensée, et s'imposa le silence le plus profond.

Il est inutile de s'appesantir sur tous les événements passés. Qui ne les a pas vus ? Qui ne les a pas éprouvés ? Par suite de ces événements, Mademoiselle de Fontignan fut obligée de quitter Paris. Son amie, qui était enveloppée dans la proscription, la suivit dans un petit village du département de Seine-et-Oise. Combien Mademoiselle de Soulange devait s'applaudir d'avoir inspiré des sentiments distingués à son élève ; sa résignation au malheur qui l'accablait, sa douceur, son honnêteté, lui firent autant d'amis qu'il y avait de gens qui la connaissaient. Obligées de travailler pour soutenir leur existence, les deux amies, à l'envi l'une de l'autre,

cherchaient à alléger leurs travaux. Mademoiselle de Soulange évitait avec
soin de parler de Saint-Albin. Mademoiselle de Fontignan (que nous nom-
merons dorénavant Mademoiselle Remi) soupirait en silence de l'abandon et
de l'indifférence de celui qui absorbait
toutes ses pensées; trop fière pour se
plaindre, elle dévorait sa douleur, et
prenait le plus grand soin de la cacher.
Deux années entières se passèrent dans
cet état d'espoir toujours trompé : le visage serein de Mademoiselle Remi ne
laissait point soupçonner combien son
cœur était ulcéré. Mademoiselle de Soulange, s'y trompant la première, ac-
cueillit la demande d'un honnête culti-
vateur qui, appréciant les qualités de Mademoiselle Remi, avait résolu d'en faire
sa compagne. La rougeur qui couvrit le
visage angélique de son élève, lui fit
apercevoir combien elle s'était trompée. Ho ! mon amie, s'écria Mademoi-

selle Remi ; est - ce vous qui me con-
seilleriez de trahir mes premiers serments ; et l'abandon de Saint-Albin
doit-il me rendre à mes yeux aussi coupable que lui ? Non, mon amie, aucune
proposition, telle avantageuse qu'elle
soit, ne m'engagera à manquer à mes
engagements : je ne me fais point d'il-
lusion ; je sais bien que, réduite à un
état de misère, je ne puis espérer que
Saint - Albin, dont la fortune égalait
celle de mes parents, veuille unir mon
sort au sien; mais, fidelle à mes premières amours, je ne formerai aucun
engagement : mon seul bonheur sera
de m'occuper de celui qui m'accable de
son indifférence. En effet, depuis quatre
ans que la famille de Mademoiselle Remi
avait émigré, Saint-Albin n'avait, ou
paraissait n'avoir fait aucune démarche
pour découvrir la retraite de celle à
qui il avait juré une constance à toute
épreuve.

Mademoiselle de Soulange, connaissant le caractère de son amie, n'entreprit point de la faire changer de résolution, et se chargea de congédier
l'homme honnête qui avait eu la générosité de vouloir leur faire partager
son aisance.

La vie retirée que ces deux intéressantes filles menaient, n'était pas
propre à distraire Mademoiselle Remi.
L'amour s'accroît s'il s'inquiète, a-t-
on dit, et *il s'endort s'il est constant:*
celui que Mademoiselle Remi avait pour
Saint-Albin, dépourvu d'espoir, n'en
était que plus violent. Il prit un si grand
empire sur son esprit, qu'il influa sur
sa santé ; elle tomba dans une langueur qui la conduisait lentement au
tombeau.

Le village où elles s'étaient retirées
avoisinait une ville assez peuplée, Mademoiselle Remi, pour éviter à sa compagne la peine d'en faire aussi souvent

le voyage, s'était chargée, dans la dis-
tribution de leurs travaux, d'aller chercher et reporter l'ouvrage qu'on leur
confiait; mais sa santé s'affaiblissant
tous les jours, il lui fut impossible de
continuer, et Mademoiselle de Soulange
se trouva forcée d'y aller à sa place.
Depuis peu de temps elles avaient ob-
tenu la pratique de la femme du Président du département : comme elles
excellaient dans la broderie, elles
avaient plus d'ouvrage qu'elles n'en
pouvaient faire. La robe de la prési-
dente étant finie, Mademoiselle de Soulange se mit en route pour la reporter.
Quel fut son étonnement, en entrant
dans le cabinet, de voir Saint-Albin
au nombre de ceux qui faisaient leur
cour : elle recula d'étonnement; mais,
prompte à se remettre, on ne s'aperçut
point de son trouble.

L'ouvrage fut admiré; une dame qui
était présente demanda l'adresse de l'ou-

vrière. Mademoiselle de Soulange, offensée de ce que Saint-Albin n'avait pas
daigné la regarder, affecta de dicter son
nom assez haut pour qu'il fût entendu
de toute la société ; Saint - Albin n'en
parut pas plus ému. La dame qui voulait avoir de leur broderie, lui demanda
son avis sur le dessin d'un meuble de
gourgouran chamois , qu'elle voulait
absolument faire broder en soie nue.
Il aut, Madame , lui dit Mademoiselle
de Soulange, varier les sujets ; je vous
conseillerais, pour le dossier du canapé,
d'y faire dessiner une Minerve protégeant l'innocence. En prononçant ces
mots, elle fixa Saint-Albin, qui, malgré
ses efforts, rougit et se déconcerta.
Mademoiselle de Soulange prit congé
de ces dames, et regagna tristement son
asile. Dans son premier moment d'humeur elle voulait rendre compte à son
amie de l'étrange rencontre qu'elle avait
faite ; mais la longueur de la route la

rendant à son caractère de bonté, elle ne voulut pas le lui dire, dans la crainte de lui ravir l'espoir, qui est la consolation des malheureux. Ce qui l'affligeait davantage, c'était de s'être trompée sur le caractère de Saint-Albin, qu'elle avait jugé solide et constant. Elle aborda son amie avec un air de tristesse qui l'affecta si fort, qu'elle employa toutes les ressources de l'amitié pour savoir le sujet de son chagrin. Mademoiselle de Soulange, qui n'avait jamais de sa vie trahi la vérité, se trouva fort embarrassée, et finit par avouer sa rencontre avec Saint-Albin. La fermeté de Mademoiselle Remi ne se démentit point dans cette occasion; elle supporta ce nouveau malheur avec un courage héroïque; et contre l'attente de son amie, sa santé redevint aussi brillante que dans ses jours de bonheur.

Le lecteur qui a pris, d'après mon assertion, une opinion avantageuse de

Saint-Albin, doit m'en vouloir de l'avoir détrompé aussi vîte ; il ferait en cette occasion comme Mademoiselle de Soulange, qui n'avait jugé que sur les apparences, et ne s'était point donné le temps d'attendre la justification d'un homme qu'elle avait cru digne de son estime.

Le père de Saint-Albin était un riche banquier, qui avait des correspondants dans presque toutes les places de l'Europe ; il avait envoyé son fils chez un de ses correspondants, positivement à l'époque où la famille Remi avait quitté la France. Ayant appris pendant son absence l'émigration des nobles, il pensa que Madame de Saint-Remi n'aurait pas été une des dernières à suivre une caste où elle s'était associée au détriment de ses intérêts les plus chers. Aussitôt son arrivée, il vola à Trenel qui existait encore, et apprit avec beaucoup de chagrin, que Madame de Saint-

Remi était partie, et que Mademoiselle de
Fontignan, qui avait refusé de suivre sa
mère, avait aussi choisi une autre demeure ; il fit insérer dans tous les journaux, qu'on avait quelque chose d'inté-
ressant à communiquer à Mademoiselle
de Fontignan, qui était priée de se rendre
chez tel notaire. Les deux amies retirées
dans un des faubourgs de Paris, s'in-
quiétant fort peu de nouvelles, ne furent
point informées de l'insertion, et leurs
voisins qui ne les connaissaient que sous
le nom de Mesdames Remi, ne purent
les instruire, en supposant qu'ils fussent
abonnés aux journaux. Il courut à Fontignan, écrivit à M. de Tilly, qui, sans
le vouloir, l'induisit en erreur, en lui
laissant entrevoir que Mademoiselle de
Soulange avait sans doute emmené son
élève dans la Basse-Bretagne qui était
son pays natal. Saint-Albin part aussitôt
pour la Bretagne ; il arrive à Rennes le
jour où la ville est déclarée en état de

siége, et d'où l'on ne pouvait sortir sans
permission. Il insiste pour passer outre;
on l'arrête; il est deux mois en prison,
et de là transféré à Paris, où il reste
un an dans les cachots, sans avoir aucune nouvelle de celle qui était la cause
innocente de ses malheurs. Enfin, le
temps vint, où comme beaucoup d'autres il fut rendu à la liberté. Le premier
usage qu'il en fit, fut de s'informer de
Mademoiselle de Fontignan : on n'était
pas tout à fait aussi criminel alors de
s'intéresser à des nobles ; mais il y avait
du danger d'avoir des liaisons avec des
émigrés, et Mademoiselle de Fontignan,
quoique sous la surveillance du Gouver-
nement, fût inscrite sur la liste fatale.
Saint-Albin ne craignait rien pour lui, il
aurait affronté tous les périls pour parvenir à voir un seul instant l'idole de
son ame ; mais son père le conjura avec
tant d'instance de ne pas le compro-
mettre, qu'il sacrifia son amour à la

piété filiale. Dans ce laps de temps, M. de
Saint-Albin père mourut, l'on eut la liberté de nommer ses amis, et Saint-
Albin, après les moments de douleurs
donnés à la mémoire de son père, libre
entièrement de ses actions, recommença
à s'enquérir de Mademoiselle de Fontignan. La tête pensa lui tourner, un jour
qu'on lui dit que la personne à laquelle
il prenait tant d'intérêt, n'existait plus,
et qu'elle avait augmenté le nombre
des victimes. Un avocat qui se trouvait
présent, assurait avoir entendu condamner Madame la comtesse de Fontignan,
et Saint-Albin qui savait très-bien que
sa maîtresse avait été brévetée Dame,
se livra au plus grand désespoir. Il courut au greffe compulser les registres, bien
résolu, si son malheur était certain, de
e pas survivre à celle qu'il adorait. Il
trouva en effet une Madame la comtesse de Fontignan, mais l'âge et le nom
de famille n'étaient point ceux de sa

maîtresse chérie ; il reprit de l'espoir,
et résolut de tout employer pour découvrir sa retraite. Il apprend que Marneillé
était en Angleterre ; il y vole, et revient
en France avec la conviction que Mademoiselle de Fontignan n'a point émigré. Toujours aussi ignorant sur son
sort, il se détermine à visiter toutes
les communes environnant Paris, où
il s'était réfugié des nobles. A sa première recherche ; il apprend que les registres ont été envoyés au département ; il passe huit jours à compulser
ceux du département de la Seine : sa
recherche ayant été infructueuse, il se
détermine à parcourir toute la France,
jusqu'à ce qu'il ait réussi ; et c'était
pour parvenir à son but, qu'il était chez
le président du département de Seine-
et-Oise, lorsque Mademoiselle de Soulange l'y avait rencontré. Le chagrin,
quelques années d'absence, avaient un
peu changé l'amie de Mademoiselle

Rémi. Lorsqu'elle s'était nommée, Saint-
Albin était occupé à faire la demande
des registres, et rien au monde n'était
capable de le distraire. Mais, lorsque
Mademoiselle de Soulange parla du
projet de dessin représentant Minerve
protégeant l'innocence, il se ressouvint
tout-à-coup du bal, où, déguisé en Bohémien , il avait dit la bonne aventure
aux deux amies. Il était resté si interdit,
que Mademoiselle de Soulange était déjà
loin de l'appartement, que ses yeux
étaient encore fixés à la place qu'elle
occupait. Il demanda avec empressement
l'adresse des brodeuses : on le plaisanta
sur son desir de les connaître, ayant
appris sans doute qu'elles étaient deux,
et que la plus jeune était une femme
superbe, quoiqu'elle eût une langueur
répandue sur tous les traits. L'impatient Saint-Albin ne put obtenir l'a-
dresse, qu'après avoir essuyé tous les
sarcasmes de la société ; et Mademoi-

selle de Soulange eut le temps de joindre son amie.

Saint-Albin ne voulut pas attendre au lendemain pour aller renouveler à Mademoiselle Remi le serment de l'adorer toujours; il partit presque aussitôt; mais telle diligence qu'il fît, il n'arriva qu'à la nuit.

Mademoiselle de Soulange, aussi jalouse de la réputation de son amie qu'elle l'avait été de la sienne, s'était abstenue de recevoir aucun homme, sur-tout la nuit. La domestique qui reçut Saint-Albin à la porte, lui assura que ses maîtresses étaient absentes, qu'il n'avait qu'à laisser son adresse, et que, si c'était de l'ouvrage qu'il voulait donner, on l'enverrait chercher. Saint-Albin à force de questions, se rendit suspect à la bonne gouvernante, qui, étant fort attachée à ses maîtresses, lui ferma la porte sur le nez, après avoir pris son adresse.

Mademoiselle de Soulange, à qui sa

gouvernante remit l'adresse de Saint-
Albin, garda le secret sur sa visite,
dans la crainte de r'ouvrir les plaies du
cœur de son amie, et donna ordre qu'on
ne le laissât jamais pénétrer dans la maison.

Saint-Albin ne se rebuta point par les
difficultés ; vingt fois il se présenta muni
d'une lettre que la trop obéissante gouvernante refusa. Le noir chagrin se
serait emparé de lui, si un léger espoir
n'était venu donner un peu de calme
à son ame. Un bien national assez im-
portant se trouvait à vendre dans le
village qu'habitait l'idole de son cœur;
il s'en rend adjudicataire ; engage une
de ses parentes à venir y passer quelque
temps, et la supplie d'envoyer chercher
les deux brodeuses pour leur donner
de l'ouvrage. Madame de Vignerolle
(parente de Saint - Albin), consentit
à sa demande ; et aussitôt son arrivée, elle envoya chercher les Demoi-

selles, qu'il importait si fort à Saint-Albin
de voir et de convaincre de la sincérité
de ses sentiments. Il ne pouvait se fami-
liariser avec l'idée que Mademoiselle Remi était obligée de travailler pour soutenir son existence, et brûlait du desir
de partager sa fortune avec elle. Il fut
encore trompé dans l'attente de voir sa
maîtresse. Mademoiselle de Soulange
sachant que Saint-Albin était aux environs de leur demeure, sans pourtant
soupçonner qu'il habitait le même lieu,
avait pris sur son amie la charge de reporter leur ouvrage, dans la crainte que
le rencontrant, elle ne fût interdite, et
ne décélât le trouble de son cœur. Ce fut
donc elle qui se présenta chez Madame
de Vignerolle. Saint-Albin, caché dans
un cabinet, pouvait tout entendre sans
être aperçu. Madame de Vignerolle
la retint le plus long-temps qu'il lui fut
possible, et lui fit promettre de venir
la voir; sa manière de se présenter et

de s'énoncer, lui faisant former le desir
de lier société avec elle. Mademoiselle
de Soulange, de son côté, fort satisfaite
de sa nouvelle pratique, lui fit ses remercîments de la meilleure grace du
monde, et lui promit de venir la voir
aussi souvent que ses occupations le lui
permettraient. Etes-vous seule, Mademoiselle? lui demanda Madame de Vignerolle. Non Madame, j'ai avec moi
une amie que j'ai élevée, que la fortune
avait favorisée de ses dons, mais qu'elle
lui a ravis d'une manière cruelle ; heureusement nous avons trouvé dans nos
travaux de quoi subvenir à tous nos besoins, et nous sommes indépendantes.
Je serais charmée, reprit Madame de
Vignerolle, de faire aussi connaissance
avec votre amie ; mon intention est de
me fixer dans cette demeure, et je suis
convaincue que votre société me sera
d'une grande ressource pour égayer
ma solitude. Les deux Dames se quit-

tèrent très-satisfaites l'une de l'autre.

Saint-Albin aurait desiré que Madame de Vignerolle allât dès le même
jour rendre visite à Mademoiselle de
Soulange, son impatience ne lui permettant pas d'attendre plus long-temps
à voir Mademoiselle Remi. Sa parente eut toutes les peines du monde
à lui faire entendre raison. Il était bien
excusable ; il avait été si long-temps
privé de sa vue, et du bonheur de l'entretenir, qu'il ne pouvait supporter la
certitude d'être si près d'elle, et aussi
malheureux que lorsqu'il était à sa
recherche. Enfin, le destin, las de les
poursuivre tous deux, avait résolu de les
réunir. Deux jours après, Madame de
Vignerolle se rendit à ses desirs, et fut
voir les deux intéressantes récluses. Elle
fut enchantée de Mademoiselle Remi,
et applaudissait dans son ame au choix
de son parent. Mademoiselle de Soulange la reconduisit jusqu'à l'avenue

de sa maison; Madame de Vignerolle
la pria de s'asseoir un moment avec
elle, ayant à lui révéler un secret de
la plus grande importance. Alors elle
lui dit le nom du propriétaire de la maison qu'elle habitait, et lui fit un récit
succinct des tourments que Saint-Albin
rait éprouvés depuis que, rendu à la
berté, il avait infructueusement cher-
é Mademoiselle Remi. Mademoiselle
Soulange, trop satisfaite de retrouver
Saint - Albin tel qu'elle l'avait jugé,
pour se donner le chagrin de douter
de la vérité du récit de Madame de
Vignerolle, consentit à l'accompagner
jusque chez elle, et à voir Saint-Albin.

Je vous peindrais difficilement la joie
qu'il eut de pouvoir parler de Mademoiselle Remi avec celle qui ne l'avait
pas quittée depuis son enfance, qui lui
avait formé le cœur et élevé l'ame
au dessus de tous les événements. Mais
lorsque Mademoiselle de Soulange lui

eut rendu compte des sentiments de
son amie, du refus qu'elle avait fait des
offres avantageuses d'un homme honnête, qui l'avait recherchée pour se
conserver toute entière à son amour,
il faillit perdre la raison. Il voulait aller
sur-le-champ lui jurer un amour éter-
nel; et, si on ne lui eût pas fait remarquer que sa présence pourrait faire trop
d'impression à Mademoiselle Remi, qui
le croyait coupable d'inconstance, il
aurait encore été recevoir un refus de
la gouvernante.

Il fut arrêté que Mademoiselle de
Soulange préviendrait son amie, lui rendrait compte des tourments qu'avait
endurés Saint-Albin pendant son absence, et qu'il se rendrait le lendemain
avec Madame de Vignerolle chez elle.
Cet entretien ayant été fort long, Mademoiselle de Soulange accepta un domestique pour la reconduire, et ne voulut
point absolument que Saint-Albin l'ac-

compagnât. Bien lui en prit. Mademoiselle Remi, inquiète de la longue absence
de son amie, avait pris avec elle sa gouvernante, et venait à sa rencontre : elle
la trouva au détour de l'allée; ce qui
fit qu'elles congédièrent le domestique.
Mademoiselle de Soulange annonçait un
air de satisfaction qui charma son amie;
elle lui en demanda le sujet. Alors Mademoiselle de Soulange lui fit le récit de
tout ce qui s'était passé, et de ce qu'elle
avait appris depuis l'instant qu'elle l'a-
vait quittée. La joie de Mademoiselle
Remi fut égale à celle de Saint-Albin. Il
est si doux de pouvoir se dire : celui qui
possède toutes mes affections, mérite
mon estime. L'orgueil qu'on peut avoir
de son amant, double les jouissances.

Le lendemain, aussitôt après le dé-
jeûner, l'impatient Saint-Albin, accom-
pagné de sa parente, se rendit chez
Mademoiselle Remi. L'on peut se faire
une idée de leur bonheur, pour peu

qu'on ait un cœur sensible. Saint-Albin pressa Mademoiselle Remi de le rendre le plus heureux des hommes par le don de sa main ; mais elle exigea de son amour qu'il lui accordât le temps d'en prévenir sa mère : quoique d'âge à être libre de ses actions, elle ne voulait pas manquer aux égards, et au respect qu'elle devait porter à celle dont elle avait reçu le jour.

Madame de Vignerolle engagea les deux amies à venir passer la journée avec elle, et Saint-Albin jouit du bonheur de posséder chez lui sa bien-aimée. — Il pressa tant d'écrire à Madame Remi, que la lettre fut envoyée le même jour. La réponse tenait du caractère de cette femme orgueilleuse, que l'émigration avait mise dans le cas de faire société avec les nobles, et qui s'était réellement persuadée qu'elle l'était aussi. Mademoiselle Remi eut beaucoup de chagrin de cette réponse. Madame de Vignerolle

avait beau lui démontrer l'injustice de
Madame Remi, elle parvenait difficilement à la consoler, l'amour est plus
persuasif. Saint-Albin la fit consentir
à faire son bonheur; et Mademoiselle
de Soulange eut la satisfaction de remettre entre les mains d'un homme
estimable, son élève, à qui elle avait
donné des principes qui devaient éternellement assurer sa félicité. Vous pensez bien que Madame de Saint-Albin
obtint de son amie de ne la pas quitter.

Saint-Albin assura à Mademoiselle de
Soulange un revenu fixe, qu'elle accepta
sans rougir des mains de l'amitié. Ils
menaient une vie paisible et heureuse,
sans ambition et sans desirs, que ceux
d'être toujours ensemble: mais il était
arrêté qu'il fallait qu'ils se séparassent.
M. de Tilly, cet ancien ami de Mademoiselle de Soulange, tomba dangereusement malade, et témoigna le desir de
voir sa pupille. Mademoiselle de Sou-

lange, attachée de cœur à Madame de
Saint Albin, ne voyait pas arriver sans
un mortel chagrin le moment où elle
serait forcée de la quitter ; mais la reconnaissance qu'elle devait à M. de
Tilly, ne lui permettait pas de le refuser. Il fallut donc partir, non sans
répandre des pleurs, et se promettant
d'entretenir une correspondance de tous
les jours, afin de pouvoir se communiquer toutes leurs pensées, comme si
elles étaient présentes. — Ce sont leurs
lettres que nous allons transcrire, et
qui, nous l'espérons, inspireront de
l'intérêt.

LETTRE PREMIERE.

Mademoiselle de Soulange à Madame de Saint-Albin.

De Tilly, près Gray, en Franche-Comté.

ME voilà loin de vous, bien loin, mon amie. Je ne dirai pourtant point que je suis malheureuse, mes devoirs m'y retiennent; l'on est si heureux de les remplir !

Ma vie est ici assez monotone. M. de Tilly faisant valoir, et sa santé ne lui permettant pas de s'occuper de ses intérêts, il me les a confiés.

Quand j'ai visité les champs, inspecté les moissonneurs, et que le soleil plane sur l'horizon, je n'ai rien de mieux à faire que de rentrer m'enfermer avec mes souvenirs; je m'enveloppe d'illusions pour me faire supporter la longueur du temps. C'est ainsi, mon

amie, que je suis obligée de charmer
l'ennui qui m'accable loin de vous.
Quelle différence de votre sort au mien!
Votre époux, Madame de Vignerolle,
qui sûrement vous tient fidelle compagnie, doivent, sinon me faire oublier,
au moins vous faire attendre patiem-
ment mon retour. Les chaleurs exces-
sives que nous éprouvons, ne me per-
mettent point de fixer le terme de mon
séjour ici. M. de Tilly a besoin de ma
présence pour terminer ses moissons.
Il faut de l'eau pour relever les avoines;
et, comme depuis long-temps les saisons
se sont mises aussi sur le ton de contra-
rier les pauvres humains, elles me for-
cent d'attendre qu'il leur plaise de nous
donner ce qu'elles nous doivent.

M. de Tilly me charge de vous dire
qu'il est enchanté de votre bonheur;
mais qu'il ne l'étonne point.

Si vous aviez besoin, mon amie, de
nouvelles preuves de la tendresse de

Saint-Albin, je vous copierais la lettre
qu'il écrivit à M. de Tilly, espérant
que nous aurions pris sa maison pour
asile. Je ne sais pas pourquoi, en effet,
nous n'avons pas pensé à nous réfugier
chez cet excellent homme, nos maux
eussent été finis beaucoup plus tôt, et le
pauvre Saint-Albin aurait été au comble
de ses vœux sans avoir autant souffert.

Écrivez-moi, mon amie, et soyez bien
convaincue, qu'après le plaisir de vous
voir, je n'en ai point de plus vif que
de lire vos lettres ; je vous embrasse
de tout mon cœur, ainsi que votre cher
époux. Si Madame de Vignerolle est avec
vous, ne m'oubliez pas auprès d'elle.

LETTRE II°.

Madame de Saint-Albin à Made-
moiselle de Soulange.

JE vous remercie, mon amie, de
votre attention à m'écrire presqu'aussi-

tôt votre arrivée; votre lettre nous a
causé à tous un plaisir bien vif; je dis
à tous, car notre société est augmentée
de Madame de Vignerolle et de sa fille;
elle vient d'acheter la maison qui avoisine la nôtre : nous allons faire percer
le mur de séparation, afin de pouvoir
nous visiter à toutes les heures, sans
être obligées de sortir.

La maison que nous habitions ensemble est acquise aussi par une espèce de poète, qui est venu nous faire
visite, et nous a demandé la permission de nous faire sa cour. Je n'ai pu
m'empêcher de sourire; depuis long-
temps je ne m'étais pas entendu faire
cette demande. Saint-Albin m'a proposé
de passer l'hiver à Paris; je ne suis pas
de cet avis : néanmoins, s'il le desire
bien fort, j'y consentirai. Le motif
qui l'engage à m'y mener, est justement celui qui me déterminerait à
rester à la campagne, où je respire un

meilleur air, et où je puis prendre plus
d'exercice, sans me fatiguer par des
visites qu'il faudrait recevoir et rendre.

Je suis contente de ma société, mon
amie, et n'en desire pas d'autre. Notre
poète prétend que la vie de la campagne
ne me rendra pas heureuse. Je lui
oppose cette maxime de Mably. « Par-
» tout où la nature a placé des hommes,
» elle a placé à côté d'eux le bonheur;
» il ne tient qu'à eux d'en jouir. Le
» bonheur est bien plus dans nous-
» mêmes, que dans les objets qui nous
» entourent. Il naît de notre manière
» de penser. » Pour moi, mon amie,
je crois que pour être véritablement
heureux, il faut l'être avec sobriété.

Accoutumée à penser tout haut avec
vous, il faut que je vous confie que je
souffre avec peine le luxe qui m'en-
toure. Je serais plus satisfaite, si Saint-
Albin avait permis que je conservasse
ma simplicité; je rencontre si souvent

des gens que les circonstances ont forcé de renoncer à ce luxe, qui faisait leur bonheur, et souvent, hélas! leur seul mérite, que je crains de les humilier par mon opulence. Qui sait même si je ne m'en ferais pas des ennemis? Et si le sort me réservait encore une chute, car les richesses s'épuisent beaucoup plus vîte qu'on ne les acquiert, comment justifierais-je ma conduite? Serait-ce par ma condescendance aux volontés de mon mari? L'on rirait de moi : il n'est plus de mode d'être soumise à son époux. Décidément, ma chère amie, je passerai l'hiver à la campagne. Mes bons villageois, habitués dans leurs chaumières, n'envieront pas mon château; je leur ferai tout le bien dont ils auront besoin, et ils me pardonneront d'être riche; à la ville, au contraire, on m'en ferait un crime. Si je différais d'opinion, je n'éprouverais que des contrariétés; si je blâmais telles ou telles

productions littéraires, qui sont deve-
nues à la mode, on crierait à l'ana-
thême ; on m'accuserait, pour le moins,
d'être très-indiscrette, et de jalouser la
supériorité des autres. Hélas ! personne
plus que moi ne blâme la jalousie,
quoique je la regarde comme le mobile
de tous les grands talents, quand elle ne
dégénère point en envie.

Je desirerais, ma chère amie, une
chose, impossible peut-être ; mais enfin, j'ai du plaisir à former ce vœu : ce
serait que tous les hommes se persua-
dassent que, la faculté de penser nous
venant de la nature, il n'est pas en notre
pouvoir d'avoir telle ou telle opinion.
Celles qu'on nous inculque, s'effacent
facilement de notre esprit ; mais celles
que nous recevons directement de la
nature, sont *immuablement* le mobile
de toutes nos actions : alors, pourquoi
nous en faire un crime ? La pensée et
la manière de s'exprimer ne devraient

point être de mode ; et c'est réellement
une barbarie qu'on exerce contre l'esprit, de vouloir qu'il se plie à toutes
les folies qui passent par la tête de tel
ou tel écrivain. Ne serait-il pas bien
plus sage qu'on laissât chacun faire et
penser comme bon lui semblerait, quand
ses pensées et ses actions ne trouble-
raient en rien l'ordre social ? Qu'en ré-
sulterait-il ? c'est que les lutteurs choi-
siraient ce qui leur conviendrait, et
qu'ils ne seraient pas obligés de prendre
parti pour une opinion déchirée, et
souvent tronquée. Je me souviens d'avoir
entendu des querelles très-vives pour
deux *virtuoses* en musique, Gluck et
Piccini. A l'Opéra, les *Gluckistes* et les
Piccinistes étaient désignés. Souvent
les injures les plus fortes étaient pro-
diguées à un parti par l'autre parti ; il
s'en est même suivi des duels. Quelle
honte ! Eh bien, tout cela n'arriverait
pas, si l'on voulait être juste, et se

convaincre que, n'étant pas organisés
de même, nous ne pouvons pas avoir
les mêmes pensées et les mêmes sensa-
tions. J'aimerais autant que l'on fît un
crime à quelqu'un d'avoir les yeux
bleus, tandis que les yeux noirs sont
plus communs. Mais en France, c'est
crier dans le désert, que de vouloir
parler raison : la mode l'emporte sur tout.

Vous vous souvenez, lorsque la dernière Dauphine arriva, du soin que
toute la Cour prit, de mettre des poudres
rousses , pour imiter la couleur des
cheveux de la divinité du jour? Il eût
été difficile alors de rencontrer une
brune à la Cour, et même dans la capitale, tant la mode a d'empire sur
l'esprit français. Espérons donc, que
celle de laisser à chacun la liberté de
penser comme bon lui semblera, aura
son tour. Quant à moi, mon amie, je
suis bien décidée à conserver, quoi qu'on
en dise, ma manière d'être. Je ferai

pourtant ce qui dépendra de moi, pour me concilier l'amitié de ceux qui m'entourent L'estime de mes concitoyens, voilà où se borne mon ambition. Je vous embrasse comme je vous aime.

LETTRE III.

Mademoiselle de Soulange à Madame de Saint-Albin.

QUE je vous sais gré, mon amie, de votre exactitude à me répondre ! Peu s'en est fallu, cependant, que je ne reçusse point votre lettre ; et que vous apprissiez que le diable m'avait étranglée. Je vous entends rire d'ici : cela n'est pourtant pas trop récréatif de se trouver dans les griffes de ce Monsieur. Mais écoutez ; et votre *sourire* se changera en indignation, quand vous aurez lu mon récit. Vous me connaissez, et vous

savez si je crois au diable. Afin de me
punir de mon incrédulité, on a choisi
la maison de M. de Tilly pour son do-
micile sur terre : tout cela s'est arrangé
à merveille. Une ancienne maison re-
ligieuse est habitée par un profane,
par conséquent, le diable doit s'en em-
parer.

Pour vous mettre au courant, vous
saurez que nous avons été passer les
deux plus vilains mois de l'hiver (décembre et janvier) à Besançon. Le lendemain de notre arrivée à Tilly, beaucoup d'habitants, que je connais peu,
vinrent s'informer, avec intérêt, si nous
avions passé une bonne nuit ; et pa-
raissaient enchantés de nous savoir
bien portants. Leurs démarches méri-
tant notre reconnaissance, nous nous
bornâmes à la leur témoigner, sans
nous informer du motif qui la provo-
quait, et qui me paraissait, à moi, toute
naturelle, M. de Tilly faisant beaucoup

de bien aux habitants. Quatre à cinq
jours se passèrent sans que j'apprisse
rien qui pût m'éclairer. Chaque fois
que j'allais dans le village, les petits
enfants me regardaient avec étonnement; et leurs mères sortaient de leurs
maisons pour se convaincre si réellement je ne portais pas des marques du
diable; car vous saurez que ces bonnes
gens croyaient fermement que l'esprit
malin venait toutes les nuits nous tourmenter, et devait, pour le moins, nous
crever les deux yeux. Encore, s'il
nous en eût laissé chacun un !

Hier matin, j'étais occupée de détails
de ménage ; la gouvernante me rendait ses comptes : tout à coup, un bruit
très-fort se fait entendre au dessus de
nous. Cette bonne-femme tombe à genoux, se signe, récite rapidement quelques mots latins, auxquels elle n'en-
tendait rien, et finit par s'écrier : *Le*
voilà ! le voilà ! Et Mademoiselle n'y

veut pas croire! Pendant ce temps, un jeune enfant, qui était près de moi, s'enfuit, et va dire à une voisine que le diable est chez M. de Tilly; qu'il y fait un bruit épouvantable. L'alarme se répand; et, avant que je fusse revenue de l'étonnement que m'avait causé la frayeur de la gouvernante, j'étais entourée de plusieurs femmes, dont une s'était munie d'une branche de buis dit béni; et ma pauvre gouvernante tenait à sa main une espèce d'image qu'elle avait retirée de sa poitrine, en tremblant de toutes ses forces.

Me voyez-vous au milieu de ces femmes, les regardant avec un air hébété, qui les confirmait dans leurs soupçons? Mais ce qui me fit rire aux éclats, ce fut la frayeur que je leur causai, en remuant la table sur laquelle j'écrivais, et faisant un mouvement pour me lever. Elles crurent apparemment que le diable était caché sous ma robe, et qu'il allait se jeter sur elles.

Je mis fin à ce tintamare, en prenant un air sérieux, et ordonnant qu'on m'instruisît du motif qui donnait lieu à de telles sottises. D'abord, je commençai par visiter la chambre où s'était fait le bruit ; jamais je ne pus faire consentir aucune d'elle à m'y accompagner ; et leur surprise, en me voyant descendre sans accident, me prouva qu'elles étaient réellement de bonne-foi. Quand je leur eus rendu compte de ce qui avait occasionné le bruit qui causait tout le vacarme, je renouvelai la demande d'être instruite du motif de leur frayeur.

Pour vous mettre au fait, il faut que vous sachiez qu'un grand corps-de-logis qui tient à la maison principale, a des vues sur une rue, et que M. de Tilly se détermina, il y a deux ans, à le louer à des particuliers. Ah ! Mademoiselle, me dit l'une d'elles, apprenez qu'on a fait venir le diable dans cette maison ; qu'avant votre

arrivée, c'était un sabbat épouvantable,
depuis le coucher du soleil jusqu'au
jour, et que pas un des habitants
n'ose encore entrer dans la petite rue,
attendu que la queue du diable sort
par la porte; et que si quelqu'un se
hasardait d'y passer malgré lui, il serait emporté sur-le-champ. Les ris im-
modérés que ce récit me causèrent, failli-
rent empêcher la bonne-femme de continuer; enfin, je pris un air sérieux, et
j'appris, non sans beaucoup d'étonnement, que toutes les apparences avaient
pu causer leur erreur.

Une de ces femmes déhontées, comme
il s'en trouve malheureusement, même
au village, avait commencé par se donner pour guérir les maux des doigts,
les laits répandus, les fièvres, etc., etc.;
le hasard, ou la nature s'aidant d'elle-
même, l'avait fait réussir dans quelques
guérisons; sa réputation s'accrut, et
chacun vint la consulter. Elle étendit

peu à peu le domaine de sa science; enfin, elle avait des secrets pour toutes les maladies, et le chirurgien, grace à son savoir, devenait inutile à Tilly.

Quelques crédules lui demandèrent la recette de ses médecines; elle crut qu'il était temps de leur inspirer autant de frayeur, qu'elles avaient de con-fiance. Avec un air mystérieux, elle leur dit, qu'elle causait familièrement avec le diable, qu'elle était parvenue à lui faire exécuter tous ses commande-ments; et que, si elle voulait se venger de quelqu'un qui entreprendrait de lui faire de la peine, elle provoque-rait sur-le-champ l'esprit-malin, et les ferait se perdre quand ils seraient en route, ou leur ferait donner force coups de bâton, même lorsqu'ils seraient en-fermés dans leur maison. L'étonnement et la crainte succédèrent sans peine dans l'esprit de ces bonnes gens, à la recon-naissance qu'ils croyaient lui devoir.

Dès cet instant elle devint un être très-respectable, par la peur qu'elle leur causait. Elle augmenta son pouvoir du moyen de *désensorceler ;* mais pour prouver qu'elle avait autant de crédit en enfer, qu'elle l'annonçait, il fallut quelques possédés qui attestassent qu'ils avaient été *dépossédés* par son moyen. Alors elle s'associa une autre femme de son espèce, qui joua toutes les marottes qu'elle voulut ; ce qui lui importait le plus, c'était de réellement *déposséder* ceux qui avaient de l'argent. Elle jeta les yeux sur une jeune fille dont les parents étaient aisés. La jeunesse est confiante ; elle la fit venir chez elle sous un prétexte frivole, et elle lui raconta une histoire d'un jeune homme amoureux d'elle, qui voulait lui donner *un sort.* La frayeur s'empare de la jeune fille : elle la rassure, en lui disant qu'elle avait plus de science que son amoureux et qu'elle la garantirait ; mais que sur-tout, il fallait qu'elle évitât de lui parler. C'était le soir; comment faire pour retourner chez elle? La Bohémienne lui fait boire un verre de vin pour la rassurer; elle y mit une potion soporifique; et la jeune fille toute engourdie, va se cogner la tête contre une mardelle de puits, près de la maison. Ses cris amenant fort à propos sa protectrice (qui la suivait pour voir l'effet de sa potion), elle la prend dans ses bras, la porte chez ses parents. L'état de leur fille contribue à leur faire croire tout ce qu'elle veut leur dire; ils lui donnent une première somme pour commencer ses opérations; elle recommande qu'on lui envoie la jeune fille tous les soirs. Enfin, mon amie, elle avait aussi pour associé, un berger fort renommé pour ces sortes de sciences. Notre maison est choisie pour leur *bacchanale*. Le berger s'affuble de cornes, de griffes, et représente le diable; peu s'en fallut qu'ils ne brûlassent la maison avec du soufre, pour répandre aux environs l'odeur de l'enfer. De grands feux furent allumés, des orgies épouvantables se prolongeaient dans la nuit ; on enivrait la jeune fille ; et quand elle avait perdu la raison, on l'envoyait chez elle, chercher, linge, hardes, argent, enfin, ce qu'elle pouvait prendre à ses parents ; le diable s'accommodait de tout. Ce qu'il y a de plus malheureux pour ces bonnes gens, ce n'est pas la perte de leurs effets, et des sommes qu'ils ont données ; mais c'est que la jeune fille a réellement été possédée par quelque vaurien, car elle est enceinte de quatre mois.

Nous avons purifié la maison, en chassant tous les diables, et en engageant le juge de paix, à se servir de son autorité pour renvoyer du village ces épouvantables gens. Leur punition a diminué beaucoup leur pouvoir ; le juge

de paix n'a craint ni les sorts, ni les
menaces, ce qui a un peu éclairé les
habitants ; et c'est au dix-neuvième
siècle qu'il se passe de pareilles scènes·
Combien ceux qui ont imaginé l'enfer,
ont donné aux fripons de moyens de
tromper !

Vous voyez combien votre position
diffère de la mienne, vous êtes entourée
d'amis ; votre poète vous fait sans
doute converser avec les Dieux de l'O-
limpe, et moi, j'habite avec ceux de
l'enfer. J'espère cependant avoir réussi
à les renvoyer dans leur empire ; et s'ils
se flattaient que je fusse assez crédule
pour que leurs chaînes, leur soufre, et
leurs griffes m'intimidassent, j'ai un
chien, qui heureusement n'a aucune
idée du diable, et qui me seconderait
parfaitement pour m'en défaire. Je vous
assure, qu'un bon chien, et un fusil,
valent tous les exorcismes.

LETTRE IV°.

Madame de Saint-Albin à Mademoiselle de Soulange.

Vous avez eu bien raison, mon amie, de penser que votre récit nous ferait rire. Notre poète, qui était présent, veut absolument le mettre en vers; il assure que ce sera très-piquant. — Il faut que je vous fasse le portrait de ce Monsieur, que je serais tentée de nommer *tout bas* un original. L'amour-propre est la base de son caractère; il aime à être flatté. Que l'on vante ses talents littéraires; il emploie de grands mots, cite à tout moment les auteurs modernes; il est beaucoup plus familier avec eux qu'avec les anciens. Mais ce qu'il y a de très-plaisant, c'est qu'il s'est mis dans la tête de faire sa cour à Madame de Vignerolle ; il ne l'aborde jamais qu'en lui récitant un quatrain : elle lui répond par un couplet ; vous savez qu'elle en fait de fort jolis. Je ne crois pas qu'elle attache un grand prix aux louanges qu'il lui prodigue ; mais enfin elle le souffre, et j'en ai de l'humeur. Si vous me demandez pourquoi, je serai fort embarrassée de vous répondre ; cependant voilà le premier motif. Vous savez que Madame de Vignerolle a le malheur d'être veuve d'un mari vivant ; je dis le malheur, parce qu'elle regrette son infidèle. M. d'Orvigni (c'est le nom de notre poète) a formé le projet de la subjuguer, et de l'engager de nouveau dans les liens de l'hymen. Saint-Albin avait au contraire le dessein de l'unir avec son beau-frère, qui a rendu sa femme très-heureuse, et qui jouit d'une réputation de bonté fort à desirer dans un mari. Tout cela s'arrangeait à merveille pour consolider notre société : je me

faisais un tableau charmant de nos soirées d'hiver , voilà tout mon édifice
écroulé, et cela parce qu'il a plu à
M. d'Orvigni de venir acheter une
maison près de nous. Madame de Vignerolle a refusé net la proposition de
Saint-Albin pour son beau-frère : elle
devient rêveuse, triste même ; en vérité
je suis fâchée de l'avoir engagée de
venir demeurer près de nous, je crois
que le tourbillon du monde lui convenait beaucoup mieux : d'ailleurs accoutumée aux hommages et à une vie
tumultueuse, il lui faut un grand fonds
de philosophie pour mener une vie
aussi monotone. Nos plaisirs sont purs,
mais ne sont point bruyants ; et Madame de Vignerolle est encore assez
jeune pour pouvoir regretter ceux d'une
grande ville comme Paris sur-tout, le
malheur ne l'ayant pas forcée de les apprécier à leur juste valeur. Me voilà
pourtant moralisant, parce qu'un petit

trissotin fait sa cour à ma compagne : de quoi me mêlé-je, n'ai-je pas assez de la tendresse de mon mari ? ne suis-je pas l'amie de Mademoiselle de Soulange ? ne vais-je pas bientôt jouir du bonheur ineffable d'être mère ? et je me plains. Ah ! pauvres humains ! que nous savons bien peu ce qui peut faire notre bonheur !

Adieu, ma bien bonne amie, revenez bien vite ; auprès de vous, je me sens le courage de supporter toutes les contrariétés de la vie.

LETTRE Vᵉ.

Mademoiselle de Soulange à Madame de Vignerolle.

J'APPRENDS, par Madame de Saint-Albin, que vous avez quitté la capitale pour ne faire qu'une maison avec elle ; je

vous loue fort de cette résolution, mais
je voudrais que vous me permissiez de
vous faire une question. Je me suis demandé si votre goût pour la retraite
n'avait pas un motif que vous ne connaissez peut − être pas vous − même.
Comme il est impossible de vous voir
sans vous aimer, je voudrais que vous
me dissiez si vous vous croyez bien
ferme contre les attaques d'un homme
aimable? Vos projets de célibat me paraissent un peu prématurés : vous êtes
encore ulcérée des maux que l'inconstance vous a fait éprouver ; mais il n'est
point, dans ce genre de mal, de plaies
incurables. Et si le petit aveugle s'est
mis dans la tête de vous enlacer de
nouveau , adieu les belles résolutions ;
des serments pareils sont toujours écrits
sur du sable ; un vent du midi, bien
plus redoutable que tout autre, enlève
jusqu'au sol où on l'a tracé. Je crains,
en conséquence, pour vous, cette re-

traite où vous paraissez vous être con-
damnée ; et je serais presque tentée
(soit dit pourtant sans fâcher) de soupçonner que vous ne fuiez la société, que
dans la crainte d'être obligée de vous
blâmer vous-même d'un serment in-
discret. Une ame comme la vôtre a plus
à redouter la solitude que le tourbillon ;
jamais vous n'y serez réduite, la futilité
n'est pas faite pour vous. Mais , Madame, seule avec vos réflexions , et
quelques images flatteuses , voilà ce
que je crains. Ce ne sont pas vos jolies
chansons qui me rassureraient : vous
savez bien que Jean-Jacques nous a dit
que les enfants chantent quand ils ont
peur. Madame de Saint-Albin me mande
que depuis quelque temps vous avez
une teinte de mélancolie qui n'est pas
faite pour me rassurer : Fontenelle disait qu'une véritable passion était aisée
à reconnaître , par la tristesse qui s'em-
parait de tout notre être : d'après cela ,

riez si vous ne voulez pas que vos amis
s'attristent.

S'il existe un mortel assez favorisé
des Dieux pour que vous l'ayez distin-
gué, envoyez-le passer quelque temps
ici, c'est moi qui dois l'examiner ; je
veux connaître tous les replis de son
ame ; je suis de sang-froid, sans prévention ; l'amitié que je vous porte me
rendra difficile, j'en conviens ; mais
aussi, quand je vous le renverrai, vous
pourrez l'accepter sans effroi, me promettant de ne point lui ménager les
épreuves.

Lisez mon bavardage avec attention,
et sur - tout écoutez l'amitié qui vous
dit tout bas à l'oreille, que c'est elle
qui m'a inspiré ces craintes, que vous
ne devez pas m'en vouloir.

J'avais beaucoup de jolies choses à
vous raconter, mais je craindrais que
ma lettre n'arrivât dans un moment de
retraite, et qu'elle ne fût jetée bien loin,

parce que je me serais avisée de rire,
tandis que vous êtes disposée à la mélancolie.

LETTRE VIe.

Madame de Saint-Albin à Made-
moiselle de Soulange.

JE sais, mon amie, que vous avez
écrit à Madame de Vignorelle : votre
lettre l'a un peu *déridée ;* mais notre
société n'en est pas plus intime. J'ima-
gine, au contraire, que je serai forcée
de la rompre, ne croyant pas pouvoir
me lier d'une étroite amitié avec une
personne dont toutes les actions sont
enveloppées du voile du mystère : ce
qui me chagrine le plus, c'est que Saint-
Albin me blâme, et que, souvent, il
m'accuse de prévention. Vous vous rap-
pelez que j'aime beaucoup à me pro-

mener le matin, que rien ne m'élève l'ame comme le spectacle brillant de la nature ; j'ai proposé quelquefois à ma voisine de m'accompagner, parce que je l'avais entendue s'extasier sur la beauté de l'aurore. J'aime bien mieux dormir, me répondit-elle : pendant le sommeil, nos maux sont bannis de notre pensée. Je crus que réellement elle n'aimait pas à se lever matin, et je ne lui en parlai plus. Mais quel fut mon étonnement, deux jours de suite, de l'apercevoir dans la plaine, de très-bon matin, et gagnant à grands pas le chemin de la ville ; je crus me tromper : j'allai chez elle, sa femme-de-chambre m'assura qu'elle dormait profondément. A son retour, elle vint diner avec nous : je lui dis que j'avais cru la voir de bonne heure parcourir les champs. Elle rougit, me répondit que je m'étais trompée, et changea de conversation ; je n'y pensai plus : mais, le lende-

main, même apparition, même curiosité
de ma part, même réponse de la femme-
de-chambre, et dénégation formelle de
Madame de Vignerolle. Vous pensez,
mon amie, que si Madame de Vignerolle
a des secrets qu'elle rougisse de nous
avouer, nous ne devons pas faire grand
cas de sa société; je suis désolée de la
porte de communication. Rompre su-
bitement, fera jaser sur son compte,
ou l'on m'accusera de légéreté, si l'on
ne me gratifie pas du titre de capri-
cieuse. Mais pouvez-vous deviner ce
qu'elle va faire à la ville ? à cette
heure, ce ne peut être des visites? si
elle ne veut pas qu'on l'y accompagne,
rien n'est plus naturel que de le dire,
et je ne vois aucune nécessité de le
cacher, à moins qu'elle ne doive rougir
du motif qui l'y conduit. Réellement,
mon amie, cette conduite me donne
de l'humeur. Accoutumée à penser tout
haut avec vous, je vous ouvre mon

ame; je ne suis pas contente : je crois
même que , pour diminuer l'intimité
qui règne entre nous, j'accepterai la
proposition de Saint – Albin d'aller à
Paris.

LETTRE VII°.

Mademoiselle de Soulange à Ma-
dame de Saint-Albin.

QUOI, mon amie! c'est vous qui pouvez avoir une mauvaise pensée ? Ah !
c'est bien là le cas de s'écrier : *la vertu*
la plus pure a ses temps de calamité.
Madame de Vignerolle fait de fréquents
voyages à la ville. Souvent l'aurore la
trouve dans la plaine; et elle semble
faire mystère de ses courses : vous voilà
bien ! Votre curiosité (car vous savez
que c'est votre défaut) n'étant pas satisfaite, vous croyez au mal ; du moins,

vous le soupçonnez : voilà votre premier
tort. J'ignore, comme vous, ce qu'elle
peut aller faire à la ville ; je vous jure
même qu'il ne me serait pas venu
à l'idée de le lui demander. Mais enfin,
il était dans l'ordre du destin que je
vous connusse un défaut. J'avais pourtant un grand plaisir à vous croire par-
faite. Savez-vous bien, mon amie, que
vous m'avez causé de l'humeur ? Voil'
encore un tort. Souvenez-vous de ce
philosophe que nous admirions, parce
qu'il nous disait souvent : « Faites en
» sorte de n'avoir jamais une mauvaise
» pensée, afin de n'être pas forcée de
» rougir dans votre cœur. » Que direz-
vous de la vôtre ?

J'avais de très-jolies choses à vous
raconter ; mais comme il faut toujours
recevoir la punition de ses fautes, je ne
vous les dirai pas aujourd'hui. Voilà
votre curiosité bien attrapée ; cela vous
apprendra à être plus circonspecte.

Vous voyèz que je vous traite toujours comme mon élève. J'attends de vous une prompte réponse , dans laquelle vous ferez amende honorable. Je vous pardonnerai; mais ne pourrai aimer davantage que je le fais.

LETTRE VIIIe.

Madame de Saint-Albin à Mademoiselle de Soulange.

OH! comme vous me grondez, mon amie! Est-ce que j'aurais eu tort? Je commence à le craindre. Néanmoins, je ne suis pas revenue sur le compte de Madame de Vignerolle. Ne prenez point encore ceci en mauvaise part ; c'est mon opinion. Je puis errer ; cela est dans l'ordre de l'esprit humain. Vous savez que Montaigne disait : « que l'opi-
» nion est un pot à deux anses ; que

» l'un peut prendre à gauche, l'autre
» à dextre. » Pourtant, j'ai conçu un
projet pour me tirer d'inquiétude :
toutes les raisons du monde ne m'en
détourneraient pas. Je vous l'avoue,
mon amie, je veux absolument esti-
mer les personnes qui composent ma
société ; c'est le seul moyen de la rendre
durable. J'ai donc résolu de savoir ce
qu'elle va faire à la ville ; et dès demain,
j'obtiendrai de Saint-Albin de m'accompagner. Je la suivrai ; je m'informerai
des gens qui habitent la maison où elle
entrera. J'y pénétrerai, peut-être, en
même-temps qu'elle ; enfin, je décou-
vrirai le mystère qu'elle veut rendre
impénétrable. Accusez-moi de curiosité ; je conviens que je suis atteinte de
ce défaut ; mais, mon amie, il me semble
que je suis excusable. Je suis épouse, et
bientôt mère : il faut que je prenne soin
de ne donner aucun soupçon sur ma
conduite ; et que les personnes qui

m'entourent ne puissent pas non plus
donner carrière à la médisan ce. L'on
juge (vous me l'avez dit souvent) de la
moralité d'une jeune femme , par la société qu'elle s'est choisie. Demain ,
donc, mon amie; oui, pas plus tard
que demain , si Madame de Vignerolle
fait encore une promenade , je serai
assez instruite pour lui retirer ou lui
accorder mon estime. Bonjour, mon
amie; je vous dis bonjour, parce que
je n'aime point le mot adieu; il laisse
une empreinte de tristesse qui fatigue
l'ame.

LETTRE IXe.

Madame de Vignerolle à Mademoi-
selle de Soulange.

Il y a bien long-temps que je n'ai
reçu de vos nouvelles ; je pense pour-

tant que vous écrivez à Madame de
Saint-Albin : mais elle est devenue si
triste depuis quelque temps, que je
crains de l'interroger. Notre société a un
air de contrainte ; la confiance n'y règne
plus. Revenez bien vîte, pour rétablir
l'harmonie qui convient à la bonne
amitié. Je ne sais si Madame de Saint-
Albin vous a fait part que nous avions
un voisin qui s'était mis dans la tête de
me faire perdre ma liberté. Il nous
amuse quelquefois, mais nous ennuie
beaucoup plus souvent. Comme je vous
le disais, nous sommes un peu mal à
l'aise, votre amie et moi ; elle me visite
rarement ; et si je ne bravais pas son
air d'indifférence, nous ne nous verrions
pas plus souvent, que lorsque j'habi-
tais Paris, que je n'ai quitté que pour
jouir de sa société. Nos soirées seraient
fort plaisantes pour un critique. Nous
ressemblons à des enfants qui s'ennuient
et font tout ce qu'ils peuvent pour rire.

Saint-Albin, pour plaire à sa femme,
apprend à faire de la tapisserie; il est
toujours au même métier, vis-à-vis
d'elle : moi, je brode; ma fille fait des
poupées, et notre poète nous fait la
lecture. Mais comme il ne nous consulte
que rarement sur le choix des livres,
qu'il est passionné pour les vers, il
nous en *débite* des milliers dans une
soirée; et quand il reste extasié sur un,
il est tout étonné que nous ne par-
tagions pas son enthousiasme, et serait
tenté de nous en quereller. Si Jenni
fait le moindre bruit, il prend presque
de l'humeur. Je ris aux éclats; Saint-
Albin cherche à faire la paix; mais Madame de Saint-Albin garde un profond
silence : voilà, ma chère, comment
notre temps se passe loin de vous. En
vérité, vous nous manquez; je suis persuadée que votre présence ferait renaître
l'intimité. D'ailleurs, je soupçonne à
Madame de Saint-Albin un chagrin

concentré; vous êtes sa meilleure et sa
plus ancienne amie; je ne suis point jalouse qu'elle vous préfère pour sa confi-
dente : mais je voudrais que son cœur
fût déchargé du poids qui paraît l'op-
presser. Ne lui parlez point de ma
lettre; je craindrais de l'affliger, si elle
pouvait savoir que j'ai soupçonné son
secret.

LETTRE X^e.

Madame de Saint-Albin à Made-
moiselle de Soulange.

COMMENT vous peindre la douleur
dont je suis atteinte. Ho! mon amie,
j'ai honte de moi-même ; j'ai exécuté
mon projet malgré mon mari, malgré
la raison qui me blâmait, malgré mon
cœur qui me disait, après Confucius:
« Dans le doute si une action est bonne

» ou mauvaise, abstiens-toi de la faire. »
J'ai suivi Madame de Vignerolle, je l'ai
vue entrer dans une maison de peu d'ap-
parence, je me suis cachée pour attendre sa sortie, et j'ai à mon tour pénétré
dans cet asile ; jugez de ma confusion,
quand je me suis vue entourée d'une
famille malheureuse, occupée à donner des bénédictions à la bienfaitrice :
j'ai voulu m'associer à ses bienfaits,
en faisant quelques cadeaux à deux
charmants enfants ; mais dans ce moment, combien le remords poignait mon
ame, leurs remercîments me déchiraient ;
je faisais comparaison de Madame de
Vignerolle à moi, et je me disais : elle
a été conduite au milieu de ces infortunés , par l'humanité et la bienfaisance ; et moi, c'est l'injurieux soupçon
qui m'y amène. J'ai regagné tristement
ma demeure ; les larmes que j'ai ré-
pandues dans le sein de mon mari m'ont
un peu soulagée : mais je ne sais comment

aborder Madame de Vignerolle , la
rougeur de mon front lui décélera facilement le trouble de mon cœur; comment lui avouer ma faut e? je tâcherai
de la lui faire oublier à force de soins
et de prévenance. Quand donc M. de
Tilly pourra-t-il se passer de vous? vous
êtes ma sauve-garde; si vous eussiez
été présente, je n'aurais pas commis
cette faute.

LETTRE XIe.

Mademoiselle de Soulange à Ma-
dame de Saint-Albin.

J'AVAIS besoin, mon amie, de votre
lettre, pour rendre le calme à mon
ame : accoutumée depuis long-temps à
adopter votre opinion, je me suis surprise, non à accuser, mais à me dire
en effet, pourquoi ce mystère ? ma chère

amie, toutes deux nous nous sommes
laissées entraîner à notre imagination ,
nous avons placé nos idées sur des
nuages ; il s'en est peu fallu que nous
n'en fussions enveloppées , et que notre
intéressante amie ne les pénétrât.
Elle reconquit ce que la prévention lui
aurait fait perdre indubitablement, si
cette éternelle Justice (à laquelle je crois
sans m'embarrasser d'où elle procède) ,
ne vous eût inspiré le dessein d'éclair-
cir vos doutes.

Vous avez raison de vous accuser à
moi, à vous-même, mais vous devez toujours vous abstenir de lui faire l'aveu
de vos torts. La vertu la plus pure n'est
pas (je le sais comme vous) à l'abri du
soupçon ; mais la vertu s'afflige quand
elle est soupçonnée. Ménagez ce cœur
déjà flétri par l'injustice, et gardons-
nous de lui en montrer une qui l'affec-
terait d'autant plus qu'elle ne devait
jamais la craindre..

Je remercie le destin qui nous a causé ce petit moment d'erreur, il nous a montré à découvert le cœur de notre digne amie.

Un sage a dit : *la raison est la providence de l'homme.* Je vous jure, mon amie, de n'écouter dorénavant que cette providence, avant de porter un jugement.

Il me semble vous voir au milieu de cette famille infortunée ; là, vous avez été rendue à vous-même, et votre repentir a redonné à Madame de Vignerolle, avec encore plus d'empire ; la place que vous lui aviez justement accordée dans votre estime.

Puisqu'il n'est plus question de soupçons, que vous avouez vos torts, que j'expie ceux que vous m'avez fait commettre, reprenons le calme qui nous convient, et causons comme de coutume. Il faut que je vous raconte une chose qui a failli m'être funeste, car j'ai pensé être

noyée. J'étais allée surveiller la rentrée
d'une voiture de bled, j'attendais le retour du charretier pour enlever le reste
du champ ; assise à l'ombre d'un saule,
près d'un petit ruisseau qui avoisine la
pièce de terre ; je lisais attentive-
ment, et ne m'apercevais pas que les
nuages s'amoncelaient sur ma tête. Le
tonnerre commençait à gronder dans
le lointain, les glaneuses se préparaient à
quitter le champ ; un moissonneur vint
me distraire de ma lecture, en me faisant observer que l'orage pourrait bien
ne pas me permettre de regagner Tilly,
si je tardais plus long-temps à me retirer. J'examinai le ciel, et me rassurai
en voyant que les nuages étaient contre
le vent : ces bonnes gens qui ont la
complaisance de m'écouter et de croire
ce que je leur dis, recommencèrent à
travailler et moi à lire. Cependant contre mon observation, la foudre avan-
çait à grand pas. J'étais vêtue ainsi que

la saison l'exige , avec une robe de mousseline, un chapeau de paille, pour m'éviter l'ennui d'un petit parasol qui m'aurait pourtant été fort utile en le transformant en parapluie. En moins de dix minutes je fus *trapersée* ; il me fallut gagner la ferme la plus près , mais il fallait franchir un ruisseau qui avait grossi d'une manière effrayante. Je n'avais plus rien à redouter, je le traversai à gué, et j'eus sans exagération, de l'eau jusqu'aux genoux. La fermière chez laquelle je me réfugiai, me fit un bon feu tout en se signant, et répétant des prières à chaque fois que l'éclair sillonnait et annonçait un coup de tonnerre.

Je pensai être prise pour une sorcière, parce que j'observais à quelle distance se trouvait la foudre : la sérénité revenait quand je disais qu'elle s'éloignait. Mais tout à coup s'amoncela au dessus de nous un nuage sulfureux, qui me fit craindre pour la ferme. Heureusement le vent tourna, et chassa cet ennemi. Je leur dis encore de ne pas s'effrayer ; que le tonnerre approchait, mais que la direction du vent les garantirait. En effet, à peine avais-je fini de parler, que l'éclair nous enveloppa, et un coup terrible se fit entendre. Je vis tomber la foudre dans un endroit où elle ne pouvait causer aucun dommage : jamais je n'ai joui d'un plus beau spectacle. Pendant ce temps, mon pauvre charretier me cherchait sous les *disiaux*, même jusques dans un *regard*, qui, en raison de la sécheresse, se trouvait sans eau, et aurait pu, absolument parlant, me servir de retraite. Je suis fort aise de n'y avoir pas pensé, je n'aurais pas eu l'occasion de faire des observations réellement curieuses ; et puis, je n'aurais pu donner à ces bonnes-gens les moyens de se garantir de la peur, en leur apprenant à connaître la dis-

tance de l'orage jusqu'à nous. Enfin,
mon amie, bien mouillée, bien crottée,
mes cheveux sur mes épaules, comme
ceux de Gilles, j'ai monté dans ma
charrette, garnie de paille sèche, que
le fermier m'a donnée. Tous les petits glaneurs se sont pendus aux roues,
pour partager mon carrosse, les che-
mins étant devenus, en aussi peu de
temps, impraticables. J'ai fait mon
entrée triomphante dans le village,
avec tous mes bonnes-gens. Ma parure
câdrait avec la leur : il y en avait
bien quelques-uns avec lesquels j'étais
étonnée de me rencontrer ; c'était là le
cas de dire : *Égaux par le malheur*. Je
n'en connais point de plus grand pour
mon cœur, que celui d'être privée de
me trouver à l'anniversaire de Saint-
Albin, à la fête de sa campagne. Priez
pour moi, Jenni, de chanter le petit
couplet que sa bonne petite maman
voudra bien faire. Le langage des Dieux

lui est beaucoup plus familier qu'à moi.
Elle sait peindre le sentiment de l'amitié;
moi, je ne sais que le sentir.

LETTRE XIIe.

Mademoiselle de Soulange à Madame de Vignerolle.

Vous ne vous êtes point trompée
dans votre observation; Madame de
Saint-Albin a eu du chagrin, mais du
chagrin qu'elle s'était fait elle-même.
Il était juste qu'elle le ressentît toute
seule, et qu'elle encourût le soupçon
que vous avez conçu de son peu de
stabilité dans ses sentiments. C'est à
moi, qui connais sa façon de penser
sur votre compte, à vous rassurer. Elle
vous aime, elle vous chérit, elle vous
révère. Je vous dirai même, en confi-
dence, que sa dernière lettre m'a causé
un peu de jalousie; et que j'ai craint

un moment que la vieille amie ne fût
forcée de céder la place à la nouvelle.
Je le lui pardonnerai encore : ce serait
une preuve de l'excellente judiciaire
qu'elle possède. Il me resterait, à moi,
le plaisir de vous confondre toutes
deux dans mon cœur, et de vous forcer,
par ma constante amitié, à faire en
sorte que les trois n'en fissent qu'une.

Vous savez que j'ai, pour ainsi dire,
élevé Madame de Saint-Albin ; ses qualités et ses légers défauts me sont
connus ; je veux aussi vous les montrer
à découvert. Notre amie possède un cœur
droit ; ennemie du mensonge, et jalouse
à l'extrême de la confiance de ceux à qui
elle accorde son amitié ; la curiosité est
son péché familier ; elle aime à savoir
jusqu'à la plus secrette pensée des personnes qui composent sa société. La
moindre réticence lui porte ombrage ;
et une action qu'elle croit qu'on veut
couvrir du voile du mystère, la ré-

volte et la chagrine. Je ne la blâme pas
autrement ; puisqu'on peut avoir le
courage d'avouer à son amie une faute
légère ou grave, on peut de même lui
rendre compte d'une bonne action ; ce
n'est point par orgueil, mais par confiance. Et puis, pourquoi n'être pas juste
envers soi, comme envers les autres ?
Pourquoi, enfin, ne pas s'accorder ce
qu'on réclamerait pour eux. A bon en-
tendeur, salut !

A part quelques contrariétés légères,
vous menez une vie assez agréable et bien
conforme à vos goûts. L'intéressante
Jenni embellit vos jours ; et l'amour que
vous lui portez , doit effacer bien des
larmes. Que je vous sais gré d'avoir pris la
résolution d'élever vous-même votre
fille ! Si toutes les mères se chargeaient de
cet honorable emploi, je verrais accom-
plir mes souhaits, qui sont de marier
les filles sans dot. Avant que Marseille
fut réunie à la France, elle était déjà

république. Les joyaux et la dot des
filles ne pouvaient pas excéder cent écus ;
mais sans doute, alors, on leur inspirait
des vertus ; on leur donnait des talents
utiles , qui pouvaient faire desirer leur
possession. Je ne me lasserai point de le
répéter : les hommes ne seront heureux, que quand les femmes auront
reçu une excellente éducation ; qu'enfin,
elles seront femmes essentielles le matin , et femmes aimables l'après-dinée.

Il me prend quelquefois envie de sacrifier deux heures de ma matinée à
instruire de jeunes filles ; de les élever
d'après la saine morale , et sur-tout de les
prémunir contre les puérilités qui font
assez communément la base de notre
éducation. Je pourrai bien , lorsque
nous serons réunies, me donner cette
satisfaction. En attendant , je m'oc-
cupe ici à ressusciter des morts. Ne me
croyez pas prophète pour cela. S'ils
avaient passé les sombres bords, mon

savoir échouerait ; mais, plaisanterie à
part, j'ai été assez heureuse pour rap-
peler à la vie un père de six enfants.

Vous savez que c'est sur les onze
heures que les moissonneurs quittent
les champs ; la chaleur, dont ils sont
accablés, les engage à se rafraîchir en
route. Un de ces braves gens, sciant
du bled dans une pièce de terre où il y
a une marre d'eau, entourée de saules,
pressé par la soif, a voulu se désaltérer.
Cette eau, froide et stagnante, l'a saisi ;
il est tombé sans mouvement. Heureusement, une voiture retournait au village ; ses compagnons l'ont mis dedans.
Ce malheureux a sa demeure près de
la mienne. Les habitants de la campagne
sont trop près de la nature, pour avoir
recours aux précautions qui vous em-
pêchent d'être atterré d'un évènement
inattendu. Ils ont amené cet homme à
sa femme, entourée de six petits enfants, qui, voyant leur mère se désoler,

ont jeté des cris perçants. J'ai couru
vîte au lieu d'où partaient ces lamenta-
tions, espérant pouvoir être de quelque
secours. Déjà la maison était remplie
de femmes, qui, pour toutes consolations, mêlaient leurs pleurs à ceux de
l'épouse affligée. J'ai approché de cet
homme ; j'ai affirmé (sans pourtant en
avoir aucune certitude) qu'il n'était pas
mort, et qu'il fallait lui administrer des
remèdes. Le fait est, que je croyais bien
qu'il n'existait plus ; mais je voulais,
pour un moment, tromper la douleur
de cette pauvre femme, qui était prête
à suivre son mari. J'ai interrogé rapidement un de ceux qui l'avaient amené,
et j'ai appris le motif de ce malheur.
J'ai réfléchi qu'il était possible qu'il ne
fût que glacé : je l'ai, à l'instant, fait
transporter chez moi, où je savais trouver ce qui me serait nécessaire, sans
être forcée d'attendre qu'on allât le
chercher. On a bassiné un lit, et on l'a

mis dedans; ce qui me donnait de
l'espoir, c'est que ses membres étaient
flexibles. J'ai fait chauffer de l'eau-de-
vie; et, pendant une heure, on lui en
a frotté avec force les parties les plus
sensibles. Je lui ai desserré les dents, et
lui en ai introduit dans la bouche. Soit
que je le desirasse, soit en effet que
cela fût, je crus m'apercevoir qu'il en
passait quelques gouttes dans sa gorge.
Je vous peindrais mal la satisfaction que
j'ai éprouvée, quand j'ai senti que la
chaleur se communiquait à tous ses
membres; une faible pulsation du pouls
m'a causé une joie indicible. J'ai pressé
sur mon cœur, avec transport, sa
pauvre femme, qui était immobile au
pied du lit. Notre zèle a doublé; enfin,
après deux heures, il a soupiré. Tous
les assistants ont jeté un cri de surprise
et de joie. Alors, je lui ai fait avaler un
bon verre de vin et de bouillon, avec
force sucre. Sans avoir parlé, il s'est

endormi pendant plus de trois heures. Sa femme n'osait pas respirer; je la rassurais, en tâtant le pouls, dont les battements ne laissaient aucun doute sur son existence.

En se réveillant, il a ouvert de grands yeux, et a paru fort étonné de se voir ailleurs que chez lui. Sa femme l'a embrassé en pleurant; je lui ai fait prendre une bonne soupe, et un grand verre de vin par-dessus. Il a couché chez moi; et ce matin, il est très-bien portant; il ne se plaint que d'une grande lassitude.

J'ai profité de ce moment, pour leur conseiller, au lieu de boire de l'eau-de-vie le matin, avant de partir pour les champs, de mettre la même quantité qu'ils en boiraient, dans une petite fiole, et, quand la chaleur les incommoderait, d'en mouiller leur bouche; qu'ils se rafraîchiraient assez pour attendre leur retour chez eux, et se garanti-

raient de pareils événements. Cela m'a
donné l'idée de composer une boisson
pour les moissonneurs. Je m'en occu-
perai la saison prochaine (1).

Je vous avoue que je n'ai eu de ma
vie une jouissance comparable à celle
de l'espèce de résurrection de cet
homme. Les petits-enfants, qui ont
passé la journée chez moi, n'étaient pas
très-contents de regagner leur demeure ;
ils voulaient bien être avec leur père,
mais ils voulaient que leur père restât
chez moi. Je me suis peut-être fait un
ennemi, la reconnaissance qu'on est
forcé de porter à un individu est souvent son seul crime à nos yeux. N'im-
porte, je prie les Dieux de n'avoir jamais que de bonnes actions à opposer

---

(1) J'ai composé cette boisson, et l'ai nommée le *vin du pauvre*. Elle a été indiquée dans
le n°. 10, t. 2 p. 256 de la *Bibliothèque Physi-
co-Economique*, Ire année de souscription.

à la haine. Mes tableaux sont plus rem-
brunis que les vôtres, ce n'est qu'après
ma réunion avec vous tous que je goû-
terai une joie pure.

LETTRE XIIIe.

*Madame de Saint-Albin à Made-
moiselle de Soulange.*

MADAME DE VIGNEROLLE, mon amie,
nous a fait part de votre lettre, et j'ai
partagé votre jouissance. Je suis cependant un peu fâchée contre vous.
Voilà près d'un mois que je n'ai reçu
de vos nouvelles : à quoi donc passez-
vous votre temps, que vous ne pouvez
pas trouver un moment pour causer
avec celle que vous avez daigné guider
dans les actions les plus importantes de
sa vie ? J'ai du chagrin de votre absence : bientôt Saint-Albin va devenir

père ; il m'eût été bien doux de remettre
entre les mains de l'amitié ce gage du
plus tendre amour ; fille ou garçon, il
ne sera point nommé que mon amie ne
soit de retour, qu'elle consente à être
sa marraine et sa seconde mère. J'ai
reçu une lettre de la mienne, toujours
à peu près dans les mêmes expressions ;
elle n'appelle point Saint-Albin son
fils, et à moi elle ne me donne que le
titre de Madame ; mais ce qui m'a réellement offensée, c'est l'affectation qu'elle
met à la suscription de sa lettre, qui
est même insultante, puisqu'elle écrit
à *Madame de Fontignan, chez Mon-*
sieur Saint-Albin. Mon mari, toujours
bon, n'en a point été affecté ; il a
même à l'instant acquiescé à une demande un peu forte qu'elle me fait,
et à laquelle cependant il m'eût été impossible de satisfaire sans la bonne vo-
lonté de mon mari. J'espère que cette
générosité lui fera prendre des sen-

timents plus justes vis-à-vis de l'homme
estimable à qui j'ai heureusement lié
ma destinée.

LETTRE XIV.

Saint-Albin à Mademoiselle de Sou-lange.

Partagez ma joie, mon aimable
amie : ma bien aimée vient de me
donner un fils ; elle est bien portante,
et plus belle que jamais. Si vous la voyiez,
comme elle est intéressante, lorsqu'elle
prodigue à ce petit être les soins que la
nature réclame ! car vous vous doutez
bien que ma femme n'est pas mère à
moitié, et qu'elle allaite elle-même son
enfant. Quand viendrez-vous donc vous
réunir à nous ? quand viendrez-vous
jouir de votre ouvrage ? oui , votre ouvrage ; c'est à vous que mon épouse
doit les vertus qui la font chérir ; c'est

à vous que je dois le bonheur de la posséder. Revenez donc bien vîte partager notre satisfaction ; engagez M. de Tilly à se réunir à nous, il est votre ami, il sera le nôtre. Ecrivez, je vous en conjure, à Madame de Saint-Albin ; votre silence l'afflige. Madame de Vignerolle nous donne ce soir une fête ; il ne manquera que vous, pour que notre félicité soit complette.

LETTRE XVe.

Mademoiselle de Soulange à Madame de Saint-Albin.

JE suis heureuse, mon amie, de votre bonheur. M. de Saint-Albin m'a fait part de votre nouveau titre ; je vous connais trop bien pour être obligée de vous tracer les devoirs qu'il vous impose, et je suis persuadée que vous êtes convaincue que vous n'êtes plus

à vous, que vous appartenez entièrement à votre mari, à votre fils, et
que toutes vos pensées doivent avoir
pour but le bonheur de ces deux êtres
intéressants.

Ne jugez pas de mon silence sans
m'avoir entendue. Vous et moi, nous
avons fait la triste expérience que souvent, pour s'être trop précipité de
porter un jugement, on est forcé de
revenir sur ses pas, et de rougir à ses
propres yeux d'avoir osé former une
opinion défavorable contre un être quelquefois bien moins susceptible de fautes
que nous-mêmes. Il est vrai que vous
devez penser que loin de vous je ne dois
pas avoir de plus grand plaisir que de
lire vos lettres et d'y répondre. Absolument parlant cela est vrai; mais j'ai
aussi mes petites fêtes, et l'on m'en a
donné une à l'occasion de ma naissance,
à laquelle j'ai été très-sensible; elle
m'a fait oublier que j'avais passé l'âge

des plaisirs ; je me suis crue encore dans mon printemps (quoiqu'avoisinant beaucoup l'automne), et j'ai dansé, oui dansé ; ne vous moquez pas de moi pour cela, je vous dirai même que j'y ai pris plaisir.

Nous avons, très-près de Tilly, une allée couverte qui borde une petite rivière dans son entier. Cette allée est si mélancolique, qu'on l'a surnommée l'*Allée des Soupirs*. Quand le besoin de changer de lieu me tourmente, je prends un livre et de l'ouvrage, j'appelle mon fidèle ami, et tous deux nous cheminons, moi réfléchissant, lui faisant entendre ses jappements joyeux et parcourant la route vingt fois. Mes bons voisins connaissant ma prédilection pour cette promenade, m'ont proposé d'y aller diner. Au bout de l'allée, est une petite montagne, que, dans nos jardins anglais, on nommerait *tertre*, et que nous autres campagnards ne débaptisons pas. Cette

petite montagne est ombragée de deux
tilleuls, qui disputent au chêne leur voisin la préséance. A la vérité, ils sont
deux, leurs branches s'entrelacent, ils
se marient pour abriter les amants de
la nature qui viennent la contempler
sous leur ombre ; au lieu que le chêne
altier semble menacer les cieux et s'occuper fort peu des mortels. Je conclus
de mon observation, qu'il est dans la
nature de n'aimer que ceux qui paraissent nous aimer.

Sous ces aimables tilleuls est un
petit banc, sans doute construit par
deux amants heureux, car on n'y trouverait point place pour un troisième ;
mais le vert gazon qui forme le plancher de cette éminence, invite à s'y
reposer : il ne se plaint point d'être foulé,
les pleurs de l'aurore lui rendent le
lendemain toute sa fraîcheur.

De ce charmant endroit, on découvre
une grande quantité de hameaux qui ré-

créen la vue. Les bestiaux répandus, çà
et là dans la campagne, donnent la vie
aux champs qu'ils pâturent. Ce spectacle m'enivrait et me suggérait une réflexion bien douloureuse. Hélas ! me
disais-je, cette vache nouricière, cette
brebis dont la toison abondante nous
procure des vêtements, seront bientôt sa-
crifiées à la voracité de l'homme, peut-
être broyerai-je sous ma dent ce petit
agneau qui bondit auprès de sa mère.
Oh ! combien nous sommes barbares !
j'attendais avec une sorte d'effroi le moment du repas, pensant que nous allions
outrager la nature, en venant l'admirer.
Mais je fus agréablement surprise. Mes
bons voisins, que souvent j'engage à
ne se nourrir que de végétaux, avaient
eu la bonté de prévenir ma réflexion ;
je n'ai de ma vie fait un meilleur repas.
Des œufs, des gâteaux de riz, des
fruits, du laitage, une énorme *tarte*
d'abricots (mets du pays, qui précède

celle en pomme), couvraient, non une table, mais le gazon. Aucun métal ne frappait les yeux : des vases de terre, des cuillers de bois, voilà le luxe qui convient aux champs. On les honore en ne se servant que de ce qu'ils ont produit, sans être attristé par la pensée, que ce qui nous procure des jouissances brillantes, a été arrosé des pleurs de ceux qui les arrachent des entrailles de la terre. L'or enfoui profondément, démontre la précaution de la nature, qui ne voulait pas que l'homme en fît usage. Elle prévoyait sans doute les crimes que ce métal enfanterait. Pardon de ma petite digression ; je reprends le fil de mon récit. Ce repas champêtre me rappelait le temps de l'âge d'or, si loin de nous, que nous ne pouvons le considérer que comme une fable.

Vous pensez bien, mon amie, que la petite chansonnette n'a pas été oubliée. Après le repas, nous sommes descendus près de la rivière, jeter des mies de pain aux poissons, qui, réellement ne nous fuîrent point. Ils semblaient, en acceptant sans effroi nos dons, nous dire : vous êtes les amis de la nature ; nous ne craignons pas votre approche.

L'ombre commençait à grandir, et le frais d'un beau soir nous invitait à des plaisirs plus bruyants. Je proposai de danser une ronde ; chacun chanta la sienne : c'était l'heure où les habitants de la campagne quittent leurs travaux ; plusieurs s'arrêtèrent pour nous regarder. Chaque fois que nous passions devant une jeune fille, ou un jeune garçon, le rond s'ouvrait, et nous prenions la main des spectateurs, qui augmentaient d'autant la bande joyeuse. Le ménétrier du village, revenant aussi de ses travaux, jugeant que de chanter en dansant, nous fatiguerait, courut

chercher son violon. Du bout de l'allée,
il fit entendre des sons discordants
qui augmentèrent notre joie. La nuit
commençait à nous envelopper de son
ombre, et nous ne pensions pas à nous
retirer; je crus même m'apercevoir que
les nouveaux venus craignaient le moment de la séparation. J'envoyai au
village chercher trois ou quatre grosses
lampes qu'on suspend dans les écuries,
et nous les attachâmes à des arbres. Nous
ne transformâmes point la nuit en jour,
mais nous chassâmes l'obscurité. Les
mèches n'étaient point assez multipliées
pour que leur odeur pût nous incommoder, et je vous jure que nous n'avons point
remarqué que nos lampes étaient enfumées, que nous n'avions aucun verre
de couleur, point d'ifs de feu, point
de jeunes hommes bien avantageux,
dansant pour se faire admirer. Nous
sautions tout bonnement; et quand une
figure de contredanse était mal faite,

le désordre que cela occasionnait, était
encore un sujet de risée. Enfin, mon
amie, *notre bal* a duré jusqu'au lever
de l'aurore. Nous avons salué respectueusement le père de la nature. Les
bons villageois sont venus nous conduire jusqu'à Tilly, au son de leur
violon. Je vous jure que ce n'est pas la
dernière fête de ce genre à laquelle
j'assisterai. Il ne manquait à mon bonheur, que les habitants de *** Je me
trompe, ils étaient à la fête, car je les
porte tous dans mon cœur.

LETTRE XVI.

*Madame de Vignerolle à Mademoi-
selle de Soulange.*

Vous allez être surprise et indignée,
mon amie, quand vous apprendrez ce qui
vient de se passer à ***. L'on a bien raison

de dire : *Soyez bon avec les méchants,
ils en abusent, et se servent de vos
propres bienfaits pour vous tourmenter.* Saint-Albin a été trop généreux
avec sa belle-mère, à l'insu de sa
femme : il lui a fait passer des sommes
assez fortes pour satisfaire ses desirs,
et éveiller la cupidité de ses alentours.
Plusieurs personnes, de la connaissance
de Madame Remi, sont rentrées en
France, et ont appris que la terre de
Fontignan, sur laquelle est hypothéquée
la dot de Madame de Saint-Albin, n'était
point vendue. Il n'en a pas fallu davantage à cette femme orgueilleuse, pour
enfanter le projet de marier sa fille à
un fugitif de ses amis, qui, trop peu
délicat pour calculer les convenances,
et apprécier la bonne conduite, a cru,
sur la parole de Madame Remi, que sa
fille n'était point mariée avec Saint-
Albin; que les circonstances l'avaient
forcée de recevoir ses soins, mais que

réunie à sa famille, elle abandonnerait volontiers un homme de *rien*, pour rentrer avec avantage dans le monde. En conséquence, elle a député un ambassadeur bien avantageux, qui est venu faire l'aimable auprès de votre amie. Il était envoyé par sa mère ; il fut bien accueilli. Saint-Albin, toujours bon, lui a offert l'hospitalité pendant tout le temps que ses affaires le retiendraient à ***, près de notre demeure. Le fourbe a accepté, sans remords et sans pudeur ; et, tandis qu'il était bien choyé, bien fêté, il a ourdi la trame la plus abominable ! Notre pauvre amie est dans les pleurs ; Saint-Albin est au désespoir. Le chagrin a pris la place de la paix et de la concorde qui régnaient au milieu de nous. M. de Tilly peut se passer de vous ; revenez bien vîte. Madame de Saint-Albin ignore que je vous écris ; elle craint sans doute d'abuser de votre amitié, en vous priant de vous rendre à ***; mais je sais que ses chagrins seront diminués de beaucoup par votre présence. Il ne vous en faut pas davantage pour hâter votre départ.

LETTRE XVIIᵉ.

Mademoiselle de Soulanges à Madame de Vignerolle.

Vous avez eu bien raison de penser que je me rendrais à ***, aussitôt que je soupçonnerais que ma présence pourrait alléger les peines de mes amies. M. de Tilly, qui est d'un excellent conseil, qui possède une bonne judiciaire, a consenti à m'accompagner, et dans quinze jours, au plus tard, nous serons près de vous.

Est-ce que Saint-Albin aurait quelque chose à redouter? Ne doit-il pas éternellement compter sur la tendresse

de sa femme? Les lois lui permettaient
de s'engager; l'absence de sa mère la
rendait encore plus maîtresse de ses
actions. Votre lettre, à moitié intelli-
gible, ne me laisse aucune tranquillité.
Mes idées se perdent dans le vague; je
crois tout; je doute de tout; et néanmoins, je suis chagrine, parce que je
n'aperçois que de la douleur pour mes
amis. Je conçois facilement qu'un être
peu délicat ait conçu des projets iniques,
et qu'il ait même trouvé des moyens
de vous tourmenter : le besoin est le
plus habile des maîtres; mais, qu'il y
réussisse, c'est ce dont je douterai toujours. La nature balance sans cesse le
mal par le bien. Je sais aussi que, dans
la carrière du crime, les premiers
pas conduisent infailliblement aux plus
grands précipices. Mais l'homme sage
et vertueux repousse toujours victo-
rieusement les attaques des méchants.
La force peut être un moment le par-

tage de quelques-uns ; mais la loi est le soutien de tous : voilà ce qui me tranquillise sur le sort de mes amis.

Je vous charge, jusqu'à mon retour, de porter dans leur ame autant de calme qu'il vous sera possible. « Leurs » ennemis ont semé du vent, ils mois- » sonneront des tempêtes. » Mais, me direz-vous, l'ennemie de Madame de Saint-Albin est sa mère! Oh ! voilà ce qui est affreux ; et tout mon être se resserre, quand je pense que ma pauvre amie sera obligée de renoncer à son époux, le père de son fils ; ou à celle de qui elle a reçu le jour.

LETTRE XVIII*.

Madame de Vignerolle à Mademoi- selle de Soulange.

Au nom de tout ce que vous avez de plus cher, partez au reçu de ma lettre ;

sur-tout, que M. de Tilly vous accompagne : les maux les plus affreux nous accablent. Je vais tâcher de rassembler mes idées ; et, pendant que les infortunés prennent un peu de repos, vous rendre compte du crime qui a été commis hier, avant le diner.

Saint-Albin revenait de la ville ; son épouse et moi, étions allées au-devant de lui. Au bout de l'allée, un domestique l'arrête, et lui donne une lettre. Notre ami reste un moment immobile : trop loin pour entendre ce qu'il disait, nous étions cependant assez près pour distinguer tous ses mouvements. Il nous aperçoit, reprend un air calme, et nous aborde avec le sourire sur les lèvres. Sa malheureuse épouse lui demande, en tremblant, de qui est la lettre qu'il vient de recevoir. Ce n'est rien, mon amie, lui dit-il tranquillement. Je l'interroge d'un regard ; je crois m'apercevoir qu'il s'interdit. Le soupçon s'em-

pare de moi; nous reprenons tristement
le chemin de notre asile, jadis celui du
bonheur. Pendant le diner, Saint-Albin
affecta un air joyeux, qui n'était pas
naturel. Je voyais qu'il s'efforçait de
paraître content. Selon notre habitude,
en sortant de table, nous sommes allés
dans la chambre de son fils : c'est alors
que sa fermeté apparente l'a abandonné.
Des pleurs ont obscurci ses yeux, tandis qu'il le pressait contre son cœur.
Heureusement, sa femme était occupée
à se préparer à lui donner à teter ; elle
ne s'en est point aperçue. Il nous a
quittées sous le prétexte d'aller écrire
dans son cabinet ; je l'ai suivi jusqu'à la
porte, toujours cherchant à découvrir
dans ses yeux ce qui occasionnait le
trouble de son ame. Il m'a serré fortement la main, en me conjurant de ne
point quitter sa femme. Une heure
après, je l'ai entendu descendre douce-
ment, et j'ai cru le voir à cheval dans

la plaine, courant au grand galop. Je
me suis levée précipitamment, et me
suis tenue debout devant Madame de
Saint-Albin, pour l'empêcher de l'apercevoir. Jamais Saint-Albin ne passe la
soirée ailleurs que chez sa femme; et
nous ne le vîmes pas. Elle envoya dix fois
le domestique prier son mari de descendre; enfin, lasse de le faire demander, elle se détermina à y aller elle-
même. Comme elle sortait du vestibule,
des flambeaux allumés arrêtent sa
marche; un brancard, porté par deux
paysans, lui montre son mari privé de
sentiment. Elle jette un cri douloureux,
et tombe sans connaissance sur le corps
de son malheureux époux. Le désordre
s'empare de toutes les têtes; chacun
poussait des gémissements, et personne
ne pensait à leur porter des secours.
Attirée par le bruit, je me trouve, à
mon tour, immobile, à la vue de
ce spectacle affreux. Heureusement,

M. d'Orvigny arrive; il me tire de la stupeur dans laquelle j'étais tombée : on donne des secours à Madame de Saint-Albin; l'on porte son époux dans sa chambre. M. d'Orvigny a couru lui-même chercher un chirurgien. Saint-Albin est dangereusement blessé d'un coup de feu; le chirurgien n'ose prononcer sur son sort. Madame de Saint-Albin est dans un délire affreux depuis cet instant. L'on vient de lui donner une potion calmante, qui l'a endormie. Son époux n'est point encore revenu d'une espèce de léthargie, qui l'a pris aussitôt après la saignée. Je crains son réveil, ou plutôt, je tremble qu'il ne se réveille pas. Je viens d'envoyer chercher une nourrice pour son fils , qui , heureusement pour lui, n'est pas dans l'âge de sentir ses malheurs. Je suis accablée de chagrin et de lassitude : nous ignorons absolument comment et par qui ce malheur est venu fondre sur nous.

LETTRE XIX°.

Mademoiselle de Soulange à M. de Tilly.

NE me sachez pas mauvais gré, mon vieil ami, si, tout entière à la douleur qui m'a accablée depuis mon séjour à ***, je me suis contentée de vous donner des nouvelles de la santé de mes amis, sans entrer dans les détails qui les ont plongés dans le malheur. Je les ignorais comme vous, et je craignais d'interroger Saint - Albin devant sa femme, qui, depuis un mois, n'a pas quitté le chevet de son lit. Oh ! mon ami, le chagrin s'est emparé de cette intéressante créature, au point que j'en crains les suites les plus funestes. Ses joues sont sillonnées par les larmes ; les roses de son teint sont effacées ; et son esprit est singulièrement affecté.

Vous frémirez d'horreur, en apprenant la trame abominable que l'on a ourdie, pour désunir ces deux infortunés.

Je vais reprendre mon récit de loin , afin de tout vous dire : Madame Remi avait, comme vous l'avez appris , conçu le projet de marier sa fille avec M. de Bellefond. (C'est le nom de celui que Saint-Albin a accueilli et logé pendant deux mois.) Cet homme immoral ne voyait pas , sans jalousie, le bonheur fixer son séjour dans leur asile ; il débuta par vouloir faire oublier à Madame de Saint-Albin , ses devoirs, espérant que , s'il parvenait à la séduire , il obtiendrait facilement le sacrifice de celui qui s'opposait à ses projets.

Madame de Saint-Albin , trop vertueuse pour s'offenser de discours qu'elle regardait comme insignifians, et convaincue qu'une femme honnête n'a pas besoin de faire part des tentatives que

l'on fait auprès d'elle pour obtenir de
a co nsidération, a fait un mystère à
son époux, à Madame de Vignerolle,
des desirs insensés de M. de Bellefond.
Cet homme, muni de la procuration de
Madame Remi, sut tirer de Saint-Albin
des sommes assez fortes pour se passer
de l'hospitalité qu'il lui avait offerte avec
affection. Il quitta sa maison; et Madame
de Saint-Albin crut qu'elle n'avait plus
rien à redouter, quand tout-à-coup il se
présenta chez elle une espèce d'homme
de loi, venant lui faire part que Madame *de Saint-Remi* était dans l'intention de faire casser son mariage, attendu
qu'elle l'avait contracté sans son consen-
tement; que cependant, elle pouvait,
si elle l'aimait mieux, pour éviter l'éclat
d'un procès dans lequel elle échouerait infailliblement, demander le divorce; qu'il
ne connaissait d'autres moyens de rentrer
en grâce avec ses parents, justement in-
dignés de son alliance avec Saint-Albin.

La crainte s'empare de Madame de Saint-Albin : l'adroit médiateur sait en profiter pour l'alarmer encore davantage. Malgré l'effroi qu'il lui cause, il ne peut lui arracher la promesse de quitter son époux. Elle le conjure de lui laisser ignorer encore quelque temps les projets de sa mère, qu'elle espérait ramener à des sentiments plus doux. Deux entrevues ont lieu ; enfin, Madame Remi écrit à sa fille qu'elle lui ordonne, sous peine de sa malédiction, de quitter Saint-Albin ; de se rendre auprès d'elle pour recevoir un époux qu'elle puisse, sans rougir, nommer son fils. Saint-Albin entre chez sa femme à l'instant où elle venait de recevoir cette lettre. Il la trouve baignée de larmes : il lui demande avec instance de l'instruire du sujet de sa douleur ; elle lui donne, en tremblant, cette fatale lettre, et lui rend compte des démarches faites pour la pressentir sur cet ordre. Saint-

Albin, justement indigné, met cependant tout en usage pour consoler sa
femme; et le calme renaît. Mais les
méchants ne s'arrêtent que quand ils
ne peuvent plus nuire : on commence
par répandre dans la ville, que Madame de Saint-Albin va quitter son
mari; qu'elle voudrait cependant conserver les apparences; et qu'elle avait
engagé sa mère à faire casser son mariage. Les uns la blâmaient; d'autres,
disaient que rien n'était plus naturel
que Madame de Saint-Remi fût offensée de la *mésalliance* de sa fille. Enfin,
les discours s'accrurent à un tel point,
qu'un ami de Saint-Albin l'en avertit,
et lui conseilla, si tout ce qu'on débitait
dans les cercles était sans fondement,
de mettre fin à de pareils propos, qui
étaient injurieux pour sa femme et pour
lui. A force de soins, Saint-Albin re-
monte à la source, et sait que M. de
Bellefond est la cheville ouvrière de ces

calomnies. Ils se rencontrent un jour en société : Saint-Albin ne veut pas, dans une maison honnête, sortir des bornes de la bienséance; mais il ne peut maîtriser son indignation, quand cet homme vil ose l'aborder avec les signes de la plus sincère amitié; un regard méprisant est toute sa réponse, et il lui tourne le dos.

M. de Bellefond, lorsque Saint-Albin fut sorti, chercha à lui donner des ridicules, et plaisanta même de manière à faire soupçonner que Madame de Saint-Albin avait reçu avec bonté les hommages qu'il lui avait rendus. Alors, l'ami de Saint-Albin s'éleva avec force contre cette calomnie; et, au nom de son ami, lui imposa silence. M. de Bellefond a demandé raison, à Saint-Albin, de l'insulte qu'on lui avait faite. Ils se sont battus; et, depuis six semaines, notre pauvre ami lutte contre la mort. Mais, ce qu'il y a de plus perfide, c'est que, profitant du moment où Saint-Albin est hors d'état de se défendre, où sa femme, toute entière à sa douleur, n'est capable que de la sentir, Madame Remi a eu la barbarie de commencer le procès où elle demande la cassation du mariage de sa fille; et c'est avec les sommes qu'elle a su tirer de Saint-Albin, qu'elle paie les gens qui le poursuivent. Oh! cela me révolte, et je ne puis concevoir comment il se trouve des cœurs aussi pervers.

J'ai bien du chagrin que votre goutte vous retienne à Tilly; vos conseils nous seraient bien nécessaires. Que voulez-vous que deux femmes (car je ne compte pas Madame de Saint-Albin) opposent à tant de noirceur?

Vous avez dû voir, dans les papiers publics, une réclamation de Madame de Marneille. Si vous ne la connaissez pas, la voici textuellement : « L'on desirerait » communiquer une affaire importante

» à Mademoiselle de ✳✳✳, épouse di-
» vorcée de M. Remi de Marneille. Il
» faut s'adresser chez M. ✳✳✳, notaire
» à Paris, ou à M. de Bellefond, de-
» meurant à ✳✳✳, département de ✳✳✳. »
Peut-être y a-t-il encore quelques noir-
ceurs cachées sous cette demande.

Nous sommes, mon ami, sur des vol-
cans; néanmoins, je suis calme. Serait-ce
un pressentiment heureux? Ce qui va
vous affliger, et vous faire craindre,
comme à moi, que les organes du sentiment ne soient affectés chez Madame de
Saint-Albin, c'est que depuis l'accident
arrivé à son mari, elle ne s'est pas
occupée un moment de son fils. Madame de Vignerolle s'est chargée de ce
soin, et a sagement pourvu à lui pro-
curer une nourrice. Ce matin, elle m'en
parlait avec une sorte d'intérêt, et bé-
nissait le destin qui avait fixé son choix
sur une jeune femme qui annonçait
avoir reçu une bonne éducation. Elle est

ainsi que vous, persuadée que souvent
nous avons les défauts ou les bonnes
qualités de ceux qui nous ont allaités.
Elle m'a peint, en même-temps, le dénuement total où elle se trouvait, et ce
qu'elle avait déjà fait pour alléger son
sort. J'ai prié Madame de Vignerolle de
permettre que je m'associasse à ses
bienfaits. Il m'a semblé que j'étais moins
oppressée de ma douleur. Ah ! me suis-je
écriée, l'homme accablé de malheurs
doit exercer la bienfaisance pour diminuer ses maux ; elle rend, pour un moment, son ame au bonheur.

LETTRE XXe.

*Monsieur de Tilly à Mademoiselle
de Soulange.*

VOTRE position, ma chère fille,
m'afflige d'autant plus, qu'il m'est im-

possible de me rendre auprès de vous.
Je souffre horriblement, et le récit de
vos malheurs n'a pas peu contribué à
augmenter mes maux. Ne vous laissez
point subjuguer par la douleur, et vous
vaincrez vos ennemis. Il faut peu de
choses pour afféter le cœur de l'homme;
mais peu de choses aussi suffisent pour
le réconforter.

Ne pouvant vous aider de mes conseils,
je viens d'écrire à M. de***, avocat dis-
tingué, et par ses talents et par son
mérite personnel. Il fera, j'en suis sûr,
tout ce qui sera en son pouvoir pour
vous tirer d'embarras. Les affligés trou-
vent auprès de lui des consolations, et
les malheureux, la fin de leurs maux.
Du courage et de la patience : n'oubliez
jamais que rien ne donne plus de supériorité que la douceur et la flexibilité du
caractère : ce sont des armes bien fortes,
avec lesquelles on finit par obtenir justice. La vie sociale, ma chère amie,

n'est autre chose qu'un sacrifice conti-
nuel de nos emportements et de nos
intérêts personnels. Si Saint-Albin eût
pratiqué cette maxime, il aurait mé-
prisé les propos de Bellefond; et les
maux qu'il éprouve maintenant, ne
lui seraient point arrivés. Il n'a pas
suivi la maxime de *Perrot de la Salle:*
« Ne perdez pas le souvenir du mal au
» jour malheureux, ni le souvenir du
» bien au jour heureux. » Saint-Albin
était au comble du bonheur; il a oublié
les chagrins qui l'y avaient conduit; il
a cru trop facilement à la durée de sa
joie. Celui qui se fie au destin, est un fou.

La cupidité est la base du procès
qu'on intente à vos amis. Il est quelquefois nécessaire de faire des sacrifices
pour obtenir sa tranquillité; d'ailleurs,
Saint-Albin, en unissant son sort à Mademoiselle Remi, n'a pas calculé la fortune: qu'il renonce à sa dot. Une femme
vertueuse est un assez bel héritage.

Je suis comme vous, très-affecté de voir votre amie en procès avec sa mère; mais la conduite de Madame Remi a brisé les liens les plus respectables. Elle a oublié son titre de mère. Madame de Saint-Albin ne doit point suivre ses traces : c'est un malheur, j'en conviens; mais elle doit soutenir les droits de son fils, sans s'écarter du respect qu'elle doit à sa mère, malgré ses torts. Si, comme je le crois et le desire, elle est victorieuse, qu'elle soit modeste après le succès. Souvent un triomphe est aussi dangereux pour les vainqueurs, que pour les vaincus.

Instruisez-moi exactement de tout ce qui vous arrivera : si je suis quelques jours sans souffrir, j'en profiterai pour me mettre en route, et vous porter les consolations de l'amitié.

LETTRE XXI.ᵉ

Mademoiselle de Soulange à M. de Tilly.

Je vous remercie, mon ami, et de votre lettre et de vos conseils ; j'en avais besoin pour mon soulagement. Tous les jours enfantent contre nous de nouveaux complots : j'ai du courage, je vous en réponds ; mais je ne puis m'empêcher de penser et de croire que l'homme de bien n'a d'autre refuge contre le méchant, que le tombeau.

Vous allez être bien surpris, quand vous apprendrez quelle est la nourrice du petit Saint-Albin. Le jour où son père fut ramené chez lui, mourant, Madame de Vignerolle, pensant que Madame de Saint-Albin ne pourrait conti-

nuer sa nourriture, s'enquit d'une nourrice : on lui en indiqua une dont l'enfant.
venait de mourir la veille. Elle la fit
venir, lui confia celui de Saint-Albin, et
elle la surveillait autant que la position
de nos amis lui laissait de temps libre.
Vous savez aussi que cette jeune femme
était dans un dénuement total, et que
Madame de Vignerolle y pourvut. Hier,
nous reçûmes une lettre de l'homme
d'affaires de Madame Remi, qui nous
conseillait de ne pas l'outrager davantage, en donnant asile à sa belle-fille;
que la conduite de cette jeune dame
avait singulièrement offensé sa belle-
mère, qui n'aurait jamais dû penser que
Madame de Marneille se pourvoirait
en divorce, et chercherait à couvrir
de ridicule une famille où elle avait
trouvé amitié, bienveillance et richesse.
Tout ce pathos était de l'hébreu pour
nous.

Comme Madame de Saint-Albin est hors d'état de s'occuper d'affaires; que son mari est encore trop faible pour supporter sans danger le récit de la conduite de sa belle-mère, j'ai donné l'ordre qu'on nous apportât toutes les lettres ; leurs affaires m'étant aussi connues que d'eux-mêmes , je ne me suis point fait un scrupule de les dé-cacheter. Nous étions Madame de Vi-gnerolle et moi chez le petit enfant, lorsqu'on nous remit celle dont je vous parle. Il est impossible que des affaires aussi vulgaires soient cachées à des do-mestiques; il est même quelquefois né-cessaire de ne leur rien laisser ignorer, pour leur éviter des réflexions baroques, et des propos dépourvus de sens. En conséquence , je lus haut cette missive. Nous nous regardâmes , Madame de Vignerolle et moi, avec l'air de nous demander si une de nous savait la retraite de Madame de Marneille. Un tremblement universel s'empara de la nourrice; la pâleur de la mort couvrit ses traits; et si je n'eusse pas été assez leste pour retenir l'enfant qui était sur ses genoux, elle l'eût laissé tomber dans le feu, ayant perdu totalement connaissance. Nous lui prodiguâmes nos soins : quand elle eut repris ses sens, elle cacha son visage dans ses deux mains, et elle craignait de rencontrer nos regards. J'étais à cent lieues de penser à l'aveu qu'elle semblait vouloir nous faire, et qui expirait sur ses lèvres. Enfin, elle s'écria : Quoi, Mademoiselle de Soulange me méconnaît aussi! Un trait de lumière vint me frapper : j'avais été trop occupée de nos malheurs pour avoir fait grande attention à la nourrice , et Madame de Vignerolle s'était chargée de ce soin. Je ne crois pas lui avoir adressé la parole deux fois, depuis son séjour ici. Jugez de

ma surprise, quand je reconnus dans cette
nourrice , Madame de Marneille elle-
même. J'ai honte de vous l'avouer ; mais
la position de mes amis m'a rendue
soupçonneuse ; et, sans respect pour la
douleur de cette malheureuse femme,
je lui ai demandé comment elle avait eu
la hardiesse de s'introduire dans une
maison, où sans doute elle n'était que
pour servir nos ennemis. Je dis nos
ennemis, Madame, parce que vous ne
devez pas ignorer que l'attachement
que je porte à Madame de Saint-Albin,
me fait tout confondre avec elle. Les
pleurs qu'elle répandit en abondance
me firent rougir de mon emportement.
Écoutez-moi, me dit-elle, avant de me
condamner. Madame de Vignerolle ,
qui est meilleure que moi, parvint peu
à peu à calmer la douleur qui l'oppres-
sait. Elle voulait à l'instant nous rendre
compte des événements qui l'avaient

réduite à la misère affreuse qui l'accablait. Son émotion était si grande, que
nous remîmes à l'après-midi à entendre
son récit. Je vous l'envoie. Oh! combien l'homme est exposé aux vicissi-
tudes! et combien, aussi, il s'attire de
maux, ou par ses fautes, ou par ses
imprudences!

Fin du Tome Premier.